Vittorio Imbriani

Dio ne scampi dagli Orsenigo

Texte et illustration de couverture : © domaine public
Edition : Culturea (Hérault, 34)
Contact : infos@culturea.fr
Retrouvez notre catalogue sur http://culturea.fr
Imprimé en Allemagne par Books on Demand
Design typographique : Derek Murphy
Layout : Reedsy (https://reedsy.com/)

Dépôt légal : janvier 2023

ISBN : 9791041842780

I

Non presumo sputar fuori ned un paradosso, ned una novità; credo, anzi, ripeter cosa, ormai, consentita, da chiunque s'intenda, alcun po', della partita; dicendo «che una relazione è, quasi sempre, piú pesante del matrimonio». Sicuro! Impone obblighi maggiori, senza diritti corrispettivi: e la parte piacevole tocca, non di rado, al marito; e la gravosa, all'amante. Questo, perché l'amore non è da tutte; bensì, da pochissime, arcipochissime.

L'amore, anch'esso, è manifestazione della fantasia; la facoltà d'amare è cognata alla virtú poetica. Se una femmina non ha il cervelluzzo congegnato in quel dato modo, ben potrà civetteggiare, condiscendere, eccitare, lusingare, promettere, deludere, crucciare e crucciarsi, bisticciarsi, rappattumarsi, come chiunque sa contar fino ad undici può, scandire endecasillabi: ma i versi, per sé soli, non fanno poesia, né le condiscendenze, da sole, costituiscono l'amore. Il senso n'è sustrato e presupposto, non essenza. Moltissime donnine, punto maliziose, ti fan le scapate, proprio, senza vocazione! E le non s'impaccerebber, mai, d'un ganzo, se nol ritenessero imposto dalla moda, dal *buon-tono*; se non temessero di scomparire, in faccia alle amiche ed al mondo. «Mi crederebbero trascurata dagli uomini, destituita d'ogni attrattiva per invaghirli. E non voglio io!» Troppo spesso, le donne somigliano al Gramprincipe Costantino, fratel maggiore dell'autocrate Niccolò primo. Aveva per favorito un generale Nostitz; il quale, discorrendo, con gli amici, del gran frutto, ch'e' ricavava dall'affetto di su' Altezza: «Non dico però – soggiungeva – che il Gramprincipe m'ami; chêh! niente affatto! ma gli è caro di avere un bestione par mio, nel suo serraglio». Così l'Ida e l'Ada si compiacciono d'aver addomesticato alcun mammalucco della vostra taglia e del mio calibro.

Le distrazioni conjugali avvengono, rado assai, per impeto di desiderio; qualche volta, per animo perverso; ne' piú casi, per vanità. Amano il marito e sottostanno al drudo, che par loro un cilicio; come, talvolta, si assoggettano, docilmente, ad alcune mode, poco igieniche e punto eleganti. Persino col cancro al petto, portano e stringono la fascetta; e, del pari, malgrado la ribellione della coscienza e la nausea del senso, prolungano la tresca. Si direbbe, che le pratiche servan loro per mortificarsi.

Quel povero giovanotto, che c'è capitato, guai a lui, guai! Quanti e quali bocconacci amari non gli tocca mandar giú! E, forse, che egli ama daddovero e strenuamente. Forse, mentre, agli occhi di madama, egli non ha importanza maggiore d'un qualunque capriccio del figurino, come il pennacchio sul cappellino o le lacrime di vetro sulle maniche; madama è, per lui, piú che la vita, piú che l'onore, piú che la patria. Ed, a questa passione tenace, egli consacra il presente e sacrifica l'avvenire, senza raccôrne alcuna letizia, senza ottener, nemmanco, la gratitudine di colei, che, frattanto, lo stima strumento fatale del martirio suo. Infelicissima, infelicita l'amico. Questi sconta gli scrupoli e le incertezze della coscienza di lei; e soffre della fiacchezza di carattere, la cui mercé, ella contraddice, con le azioni, a' suoi principî, non sapendo o consentire con la mente alla pratica universale, cui, pur, si conforma, od astenersi da ciò, che, pur, disapprova.

A me, non diletta il posare a lungo, con la fantasia, su' particolari d'una tortura morale, piú efferata delle materiali, che affermano inflitte, ne' tempi andati, dall'Inquisizione; e, quindi, non descriverò, minutamente, le grandi e piccole sevizie, codarde tutte e sempre, che una cotal signora adopera nell'uomo, caduto in sua balìa. Come si sia, daccapo, ogni giorno, a ricominciarne la conquista. Come darà poste ed appuntamenti: ma per mancarvi, poi, sopraggiunta da rimorsi; o per venirvi, con indugio, armata di difficoltà, di *ma*, di *se*, di *non posso*, di *mai piú*, di *bisogna finirla*, di *piuttosto morire*, negando, persino, a' baci, la mano inguantata. Nuove scuse, nuove scappatoje, nuove tergiversazioni, nuovi pretesti, di continuo: ieri, metteva in campo messer Domineddio; oggi, allega que' moccicosi de' figliuoli, *che non può piú abbracciare, senza arrossire*; domani, occorrendo, uscirà fuori, persino, col marito. Per costui, fra le pareti domestiche, mille riguardi, ogni arrendevolezza, dimostrazioni d'affetto senza fine: per l'amante, al convegno, sgarbi, ritrosie, fastidî, rimproveri, impertinenze. Domando io, perché non rompere, allora? Sei pentita d'aver concesso le tue buone grazie particolari a Tizio? Beh! le relazioni, al postutto, non sono indissolubili come i matrimonî! Ma dove pescare la risolutezza, che ci vorrebbe, per venire ad una rottura? E, poi, dove pescare, la dimane, un'altra vittima, del pari rassegnata agli affronti, a' vilipendi, alle punture d'ago ed alle pugnalate? Gli uomini di cuore son creati per lo svago delle femminette: sono anime vili, sulle quali è lecito sperimentare.

Darò qualche esempio, che dimostri, come le parentesi aggravano il matrimonio, in quel modo, appunto, che rendon pesante lo stile. Fra mille, ch'io ne so, scelgo le avventure di due sorelle Napolitane: l'Almerinda e la Berenice Scielzo. Nel MDCCCLXV, la seconda era moglie, da poco piú di due anni. La prima, invece, s'avvicinava alla trentina; aveva, da un pezzo, per marito, il commendatore Don Liborio Ruglia, Consigliere di Cassazione; e, da diciotto mesi, per amante, il cavalier Maurizio Della-Morte, capitano di cavalleria nel Regio Esercito.

II

Donn'Almerinda Ruglia-Scielzo usciva da una famelica famiglia d'ufficiali borbonici, tanto numerosa, che le spietate ruberie del padre non avevan potuto rimpannucciarla; ché il babbo Scielzo s'era persuaso, tardi assai, della necessità di adoperar gli artigli e di farsi le porzioni da sé, in questo basso mondo e, spezialmente, in questa bassa Italia. Prode e probo sotto il Murat, probo e prode, dapprima, anche, sotto i Borboni, non imitò que' colonnelli, che, violando la disciplina, imposer loro, nel venti, la costituzione; e, neppur, quelli, che, poi, tradirono la costituzione giurata, o fuggendo o patteggiando. Non c'era macchia qualsiasi sul nome suo; la integrità n'era proverbiale. Quindi, fu messo in disparte e trasandato, come sospetto e malsicuro. Aveva, imprudentemente, impalmata una certa Filomena Jaquinangelo; e, tanto per occupar l'ozio, prolificarono, con quella, che, i francesi, nel decennio, chiamavano immorale facilità de' Napoletani. Sicuro, sicuro! que' gallettacci, che han disimparata l'arte di generare, quelle pollanchelle, dotte nelle frodi conjugali, sdottoreggiavano, malthusianamente, co' babbi e con le mamme partenopee: «O non vi sembra illecito e disonesto il moltiplicare il numero degli infelici, anche se privi affatto di mezzi per mantenere i figliuoli, educarli e trovar loro una nicchia?» Non so quanti, fra maschi e femmine, uscirono, per venti anni di seguito, da' capaci fianchi di Donna Filomena: non vi fu, mai, sciopero, anzi un continuo infornare e sfornare. Parecchie creature morirono, fortunatamente per la società, pe' genitori, pe' fratelli e per loro stesse; ma, con tutto questo disgravio, la sordida miseria stava di casa col colonnello, divenuto taciturno ed ipocondrico. Soltanto, di tempo in tempo, anche fra gli amici, soleva sclamare, con un sospiro profondo: «Se mi torna, mai, al fianco, quello sciabolotto!...» Frase, che gli amici interpretavano come semplice speranza e desiderio di riottenere servizio attivo, massime conoscendo quante pratiche facesse all'uopo, non lasciando nulla d'intentato.

Difatti, un giorno, lo sciabolotto, (o, com'egli diceva, napoletanescamente, lo *sciabolillo*,) gli tornò al fianco. Era scoppiato, io non so se una sommossa od il brigantaggio, in qualche provincia. Ci voleva un uomo, desideroso di farsi merito e, nel contempo, d'abilità e valore sperimentato, in cui concentrare potere politico e poter militare. Parve acconcio il colonnello, che, richiamato in attività e spedito lì, giustificò, pienamente, la fiducia regia. Che ti fece! che ti fece! Represse le turbolenze, con sollecitudine e felicità; questo sì. Ma si ricorda, ancora, con ispavento, dalla provincia interna, il sistema di ricatti e di concussioni inaugurato e praticato da lui. Giunse a tale lo scandolo, che il governo stesso fu costretto a richiamarlo; ma premiandolo di decorazioni e di promozioni; ma collocandolo, per sempre, al di sopra del turpe bisogno. E, del resto, stavolta, aveva saputo approfittare a dovere del tempo, in cui gli pendeva al fianco lo sciabolotto.

La figliuola Almerinda era stata educata (o, meglio, ineducata) a' Miracoli, grazie ad un posto gratuito, largito dalla Maria Teresa. Poi, giovanissima, sposò un uomo piú che maturo, quasi coetaneo del padre, per convenienza ed interesse. Quante vaghe fanciulle non conchiudono, così, matrimonî osceni, ripromettendosi una pronta vedovanza e rassegnandosi, di buon grado, per breve tempo, allo schifoso connubio, acciò, poscia, un ricco vedovile, un largo usufrutto od una grassa eredità, le metta in condizione di scegliere e di pretendere! Sembra, ch'e' non ci sia nulla da biasimare in questo contratto lecitissimo; la legge nol vieta, la religione nol condanna, i costumi nol riprovano: ma gli è, pur troppo, aleatorio. E bisogna badar bene a non isbagliare i conti, per, poi, rimanersene col danno e con le beffe, come quella tale inglesoccia... Oh quale? La What-a-fair-foot, che, sedicenne, appena, e tanto tanto avvenente, si allogò, per moglie, con un sessagenario, rachitico, antipatico, collerico, bisbetico, sofistico. Speculava sulla morte prossima del conjuge; del quale era certa non aver figliuoli: ed, ereditandone, conforme alle clausole delle tavole nuziali, avrebbe sposato un bel giovanotto, di cui, già, s'era provvista. Quel vecchiaccio la condusse in villa; e la tenne, sempre, murata in casa; e non le lasciò campo di veder, neppure, un cane, nonché il bel giovinotto: sinché una scalmana la portò via, nel suo quadragesimosesto anno, dopo trent'anni d'unione conjugale, sopravvivendole lo sposo nonagenario e quattro o cinque figliuoli con un palmo di barba, per piangerne, coralmente, l'immatura perdita.

Anche l'Almerinda sbagliò, in parte, i calcoli. Don Liborio le fece un par di figliuoli, alla meglio, mentre fu, ancora, in condizione da imbastirne: e, poi, riposandosi su quegli ultimi allori, dormì, la notte, nel talamo, come assonnava, il giorno, nella sua brava poltrona, alla Corte. Ma non chiuse, non sorvegliò, non tiranneggiò la consorte; anzi, le accordò, pienamente, ciò, che le donne, secondo la graziosa novellina del Voltaire, piú d'ogni altra cosa, e giorno e notte, desiderano, cioè, d'esser padrone di casa in casa propria. E Donn'Almerinda usò ed abusò della libertà concessa. Durante i beati sonni del commendatore, scarrozzava a Chiaja, splendeva in teatro e riceveva un nugolo di persone, specie ufficiali della guarnigione, che i fratelli Scielzo (i quali avevan ripreso servizio nell'esercito Italiano) le presentavano. Si strimpellava, si canticchiava, si ballonzolava, qualche volta; la signora era bella, affabile, non incuteva soggezione: insomma, la serata si ammazzava allegramente in quella casa ospitale.

Ma, per quanto il Ruglia (contra il solito de' vecchi, che impalmano giovanette) largheggiasse del suo con la moglie, abbandonandole la piena disposizione degl'introiti, senz'obbligo di render, mai, conto, ella si trovò, a poco a poco, inviluppata in una fitta rete di debiti. La vita elegante è spesosa; a tener dietro a' capricci della moda, e' si spende un diluvio, un profluvio, una colluvie di quattrini; e l'Almerinda aveva, inoltre, la tribú de' fratelli, che la sfruttavano, che non seppe negarsi a salvare, da piú d'un mal passo. Chiedevano e richiedevano, insaziabili; e del benefizio d'oggi, si formavano un argomento, per pretenderne altri, domani. La facilità di contrar debiti, firmando cambialette o non pagando, ne' negozî, a pronti contanti, illudendoci, trascina a moltiplicarli al di là del nostro potere: la scadenza par, sempre, lontana; e, fin allora, si troverà modo di provvedere, qualche santo ajuterà. Per essere piú franca, piú libera, nella sua vita dissipata, la Ruglia-Scielzo avea, già, chiusa in educandato la figliuoletta maggiore; e non abbracciava, quasi mai, quel maschietto, che, per via dell'età, troppo tenera ancora, tollerava in casa, affidato, prima, ad una balia, poi, ad una bambinaja. Così fanno tante e tante delle nostre madrifamiglie; ma naturalmente, spensieratamente, senza rimorsi o pentimenti, persuase di non far male. Considerandosi la maternità come un peso, ognuna cerca di sgravarsene, quanto piú può. Reputando ogni lasciata esser perduta, ognuna cerca goder della vita, quanto piú si può. Stimandosi padrona assoluta, illimitata dispositrice della roba propria e del conjuge, non già mera usufruttuaria ed amministratrice de' beni, che, moralmente, appartengono a' figliuoli, ognuna scialacqua e sciala, noncurante di minuirne l'eredità per quanto s'impoverisca, essi saranno, sempre, in obbligo di ringraziare i genitori, che avrebbero ben potuto ridurla al puro niente. Così la pensan molte; ed operano in conformità de' loro pensieri. Ma l'Almerinda nostra, no: se operava come le molte, pensava altrimenti. Quel dolce peso della maternità, essa il rimpiangeva; e si macerava di non aver, continuamente, d'intorno la sua prole, di non accudirla in persona. Gl'impegni clandestini, i conti interminabili, le cambialette rinnovate, gli avalli imprudenti, a lei, costavano nottate crudelmente insonni. La noncuranza geniale dell'avvenire non è da tutte, ed il dimenticarsi de' figliuoli; e lo sparnazzarne il patrimonio con animo imperturbato. Si nasce prodiga; e chi non v'ebbe disposizione ingenita, male si studierà di acquistare una certa bravura negli sprechi. Ci sono i pachidermi e ci sono i solleticoni. Alcuni inghiottono, senza nausea, le velate impertinenze de' creditori e le aperte. I fratelli Scielzo erano di questa tempra; ma l'Almerinda degenerava. Nata massaja come si nasce matematico, non poteva diventare una dissipatrice vera, per isforzarsi e studiarsi, che facesse, mancandole il bernoccolo, l'organo. Nondimeno, fiacchezza di carattere, accidia morale, arrendevolezza all'esempio, peritanza di navigar contro corrente od altro, che si fosse, o tutto questo insieme; la non osava reagire contro l'abitudine invalsa, ed esser sé, ed appagarsi, e ritôrsi in casa i figliuoli, ed amministrare seriamente la roba, e restringersi nella vita casalinga e borghese, conforme a' bisogni ed alle aspirazioni dell'animo.

III

Fra gli ufficiali, piú assidui alla sua conversazione, c'era il capitano Maurizio Della-Morte, napolitano anch'esso, ma d'una famiglia liberale. Figliuolo di un emigrato del MDCCCXLIX; volontario, dieci anni dopo, nell'esercito sardo; con la medaglia al valore, meritata, da sergente, a Montebello, e l'ordine militare di Savoia, preso, da luogotenente, a Castelfidardo. Bel giovane e di cuore, meno terribile del suo cognome, eppure accattabrighe e sciabolatore. Amò Donn'Almerinda non per capriccio, anzi profondamente; e, dopo esitazioni protratte, io non so quando né dove né come, si fece animo a dirglielo. Ebber luogo tutte le peripezie, che son di regola: e, dapoi mille ripulse, mille scoraggiamenti, mille nuove insistenze, a grado a grado, senza che il sonnacchioso Ruglia né gli svegliatissimi Scielzo sospettassero di nulla, ottenne quantunque desiderava.

Ottenne piú agevolmente, ch'e' non si mantenesse in possesso della conquista. Donn'Almerinda, come diceva ella stessa, (perché il francese, poi, sel sapeva benino; anzi, era l'unica cosa, che s'imparasse, allora, a' Miracoli, dove, ora, la Dio mercé, non s'impara, piú, neppur questa!) somigliava la Fedra raciniana, diversa da quelle audaci:

Convinta di commettere un abominevol peccataccio, consumava le ore di solitudine, rimproverandoselo; sciupava il tempo de' convegni, nel rinfacciarlo e farlo scontare al povero Maurizio. Questi, con la sua morale cavalleresca, non riusciva a capacitarsi, come potesse od addimandarsi colpa l'incoronare un Consigliere di Cassazione settuagenario, o qualificarsi delitto l'amore tra una bella bionda ed un bel bruno. Nulla, secondo lui, di piú legittimo e naturale: «Colpa o delitto e peccato sarebbe, piuttosto, il non far la cosa, quantunque volte se ne presenti l'occasione. Una legge, piú antica e meno antiquata del decalogo, condanna il privarsi delle soddisfazioni possibili e che, al postutto, non danneggiano alcuno...» O il marito? «Bah! se l'appura, è cosa da nulla; e, se non l'appura, è, proprio, nulla». Quindi, a dubitare sul serio del buonsenso e del senno della signora, vedendola struggersi, disperarsi, singhiozzare, pregare Iddio, tremando per l'inevitabil castigo celeste, ed invidiarsi ed invidiare all'amico l'ambìto piacere.

Difatti, era un amore insolitamente faticoso. Ogni abboccamento, condito di lacrime, gira gira, somigliava ad uno stupro violento. Baruffe continue amareggiavano la relazione. Non si trattava mica di lezî e di scede, simulate per far la preziosa, chêh! Donn'Almerinda soffriva daddovero; la ripugnanza di lei nel compiacere all'amico era immensa, ripeto, davvero: non ci trovava gusto, anzi soltanto rimorsi. Eppure, dopo aver combattuto alquanto, s'arrendeva e continuava. Non sapeva accettare queste sofferenze, occultandole, e preferire la gioja di quell'uomo alla pace della coscienza ed alla salvazione dell'anima; nemmanco, poi calpestare la sinderesi e ridere del pregiudizio; né, finalmente, romperla col damo, troncando, bravamente, d'un colpo, il nodo gordiano. Lasciarlo? No, c'era abituata; e' ci vuol risolutezza, per ispezzare una consuetudine. E, poi, del bene, avea finito per volergliene, a forza di vedersi amata; e prevedeva quanto lui soffrirebbe di un distacco: era un bene curioso, questo sì, misto d'odio e d'indifferenza, quella specie d'affezione, che può darsi tra galeotto ed agozzino, tra prigione e carceriere. E, poi, s'era provveduta d'un ganzo, perché? Per seguir la moda e far come tante altre: come la duchessa di Vattelappesca e la professora Tal di tale, e la moglie del maggior Comesichiama; e, finché le altre conservavano l'amico, smetterlo sarebbe stato come uscire senza crinolino o senza borsa di capelli. Avrebbe, subito, dovuto surrogarlo; e la sua memoria le avrà, forse, suggerito quel distico:

E poi, gusto, è vero, non ce ne provava: ohibò, gusto, lei, in tali cose! ma quelle tempeste interne, l'agitazione, gli scrupoli, erano contenuto di vita; e si tituba, sempre, ad emergere da una grande attività morale, per attuffarsi nell'apatia. La cessazione del travaglio ha troppa somiglianza con la morte. Il dolore è la forma piú intensa di vita, è sovreccitazione: quindi, il ricerchiamo. Il veggo in me stesso: perché, puta, ostinarmi a buttar bezzi in tabacco, quando sta in fatto, che il fumo sgradevolmente mi vellica il palato? Le papille della lingua e delle mucose circostanti si convellono; il naso si contrae; l'occhio lagrima; i nervi si ammaricano pel sapore e per l'odore; e, poscia, seguono cefalalgie, lunghe e crudeli. E, nondimeno, io mi ostino a fumare. Perché mai? Per la voluttà implicita in ogni sensazione, ancorché sgradita. Perché piace il sentire, ancorché rincresca la sensazione determinata. Perché si preferisce la tribolazione de' nervi, anziché lasciarli disoccupati, inerti, in riposo.

D'altra parte, Maurizio, fiacco, moralmente, com'egli era, amava tanto l'Almerinda, che ne avrebbe tollerato, con rassegnazione supina, qualsivoglia indegnità. Inoltre, ve l'ho pur detto, s'immaginava, che la vagellasse un po' con la testa; e la commiserava grandemente. Quindi, mai, di quelle reazioni, che avrebber potuto condurre ad una rottura. Per disputarsi, bisogna esser contenti in due. Se c'è, chi, sistematicamente, vuol pace ad ogni costo, dove pescherà l'altro cavilli per motivare un passo decisivo? E, così, que' due continuavano a rimaner vincolati per mutuo tormento, per flagello reciproco. Un buon cattolico avrebbe detto, che rinvenivano il castigo nella colpa loro stessa; e che la scontavano, fin da questo mondo, con un purgatorio anticipato. E chi sa? la malauspicata pratica durerebbe, forse, ancora! ma un incidente imprevedibile, interrompendola, costrinse entrambi cercare, altrove, la felicità, che essa non poteva somministrar loro.

Ho detto: cercare. Se trovassero, l'è, poi, un altro par di maniche.

IV

I fratelli Scielzo eran quattro: due in artiglieria, che, a Napoli, si vedevan, quindi, rado assai; e due in fanteria, che servivano nello stesso Reggimento e Battaglione, sotto un maggiore lombardo, Babila Salmojraghi, amatissimo nel corpo e de' piú assidui in casa Ruglia, de' piú devoti a Donn'Almerinda. E Babila Salmojraghi aveva un fratello, per nome Gabrio, banchiere o negoziante, non so piú cosa, a Milano; e si volevano un gran bene, come, pure, qualche rara volta, accade tra fratelli. Da lunga pezza, non s'erano abbracciati, come portò il gravoso servizio per la repressione del brigantaggio; ed il banchiere, cedendo alla ressa amorevole del germano, deliberò di venirsene, per un mesetto, a Napoli, con mogliera e figliuola, per vedere quella città cospicua e distrarsi dalle cure del suo negozio. Cara donnina quella su' moglie! piccola, con un par d'occhioni di que' neri neri; pallida, con lunghi capelli, con un sorriso, che ti andava al cuore e ti mostrava una dentaturina, bianca al pari dell'avorio; con un pieducciuolo, che avrei tutto raccolto nella palma della manaccia mia. Si chiamava Radegonda Orsenigo, di chiarissima prosapia, facoltosissima; un po' viziatella, questo sì, fin da quando, figliuola unica ed orfana, l'allevava una vecchia nonna; e, poi, idolatrata dal marito. Carina tanto, anche, quella figliuoletta! fanciullaccia, che parlacchiava il meneghino con invidiabil purezza ed era stata registrata, cinque o sei anni prima, quando, ancora, gli Austriaci occupavano Milano, fra' battezzati della parrocchia di San Marco, col nome di Clotilde, in omaggio alla prima figliuola del Re Nostro, Vittorio Emanuele II.

Il maggiore Salmojraghi volle ricevere il fratello con festosa cordialità; ed invitò parecchi amici ad accompagnarlo sul piroscafo, per condurre a terra i bene arrivati. Ci furono gli Scielzo; ci fu il Della-Morte; e ci fu, pure, Donn'Almerinda. La Radegonda, quantunque abbattuta dal viaggio travaglioso e con gli occhi cerchiati, parve, a tutti, delle bellissime. Le due donne ad abbracciarsi e baciucchiarsi, con mille smancerie, com'è usanza delle femmine tra loro; e, prima ancora di sedere al gran digiuné imbandito dal maggiore, che fu il primo atto sussecutivo allo sbarco, divenute amicone, le s'eran già confidato, reciprocamente, quanto vi era d'ostensibile nella vita e nelle abitudini loro. Del resto, se alla Napolitana importava nasconderne qualcosetta, la Milanese, invece, avrebbe potuto avere il cranio trasparente, in modo che ognuno ne leggesse i pensieri, senza, per questo, temer nulla; e, per natura sua propria, non sarebbe stata buona a custodire un secreto del cuore, ad occultare una preferenza, per interesse o riguardi. Era di quelle nobili creature, che non sanno rassegnarsi all'ipocrisia, alla menzogna quotidiana; e, per le quali, ogni trascorso diviene scandalo: ma, ripeto, trascorsi non ce n'erano stati punti. Tanta intrinsechezza sorse repentinamente, fra le due, che il povero Gabrio dové consentire a mandar moglie e figliuola ospiti in casa Ruglia, ed andarsene egli col fratello, invece di occupare le stanze, preparate all'albergo per la famiglia: ma vel determinò, specialmente, il pensiero, che la bambina, (la quale pure non poteva stare in piedi tutta la giornata, ned accompagnarli in ogni gita) cessando di esser loro d'impaccio, rimarrebbe, però, ben custodita e cautelata.

Ne' giorni seguenti, fu una lunga filza di gite e di feste e di banchetti; e lo stesso Consigliere di cassazione scosse, talvolta, la sonnolenza abituale e disertò la poltrona della Corte, per onorare gli ospiti lombardi. Pompei, Caserta, Baja, Capri, i Camaldoli, Pesto furono visitati. La Salmojraghi aveva argento vivo nelle gambe; ed un brio, uno spirito, che infondevano allegria ne' piú ipocondrici. Ma, già, figuriamoci, chi avesse voglia di rimanere ipocondrico in quella brigata lì, composta per la maggior parte di giovanotti militari! Si faceva un chiasso! I soli restii, quasi, a parteciparvi, e ne' quali le franche risate degli altri si attenuavano in sorrisi fugaci, erano l'Almerinda e, per contraccolpo, Maurizio.

Non che l'Almerinda invidiasse all'amica tanta serenità d'animo, tanta felicità: ma non poteva non rimpiangere di non fruirne anch'essa. Quello spettacolo era, quasi, un'offesa per l'occulto suo stato, inciprigniva la piaga secreta, rinvigoriva gli scrupoli divoratori. La Radegonda non era travagliata da preoccupazioni pecuniarie; non languiva, divisa da' figliuoli delle sue viscere; non tribolava per alcuna relazione, sul genere di quella, stretta dall'Almerinda con Maurizio, e che non le bastava il cuore di rompere, quantunque ne vergognasse e raccapricciasse. La Radegonda non aveva da paventar nulla; e poteva affidarsi, confidentemente, all'avvenire: non rimorsi, non angosce, non rossori, non insonnii, non paure di sorprese e smascheramento, non sospetto di un doppio senso ingiurioso in ogni parola, a lei rivolta. Essa, invece, povera Almerinda, nessuna pace, nessuna speranza! costretta a disprezzarsi, a vilipendersi! Non avere, nemmanco, il coraggio di sfogarsi con qualcuno! non poter chiedere consiglio a chicchessia! Una confidenza di quella fatta lì, l'avrebbe resa schiava del confidente e consigliere, l'avrebbe data in sua balìa. E, poi, come esporre certe cose? Ed, anche, chi scegliere? Aborriva da' preti e dalla confessione; ed, intorno a lei, chi c'era? quel dormiglione del marito; quegli scioperati de' fratelli; una sorella senz'alcuna elevatezza d'animo; amiche delle solite; amici, i quali avrebber pensato, solo, a soppiantare Maurizio... Ah! questi era il migliore di tutti, a conti fatti; ma, pur troppo, anche un consigliere pregiudicato, avendo un interesse proprio nella quistione.

La Radegonda, perspicace, s'accorse della cupa melanconia dell'ospite amica; e s'avvide la ragione starne in una cura secreta dell'animo: solo, non poteva sospettare, la sua stessa presenza essere nuovo martello e continuo per l'infelice. Ed, essendolesi proprio affezionata, se ne rammaricava. È spettacolo atroce il veder deperire una bella creatura, stoicamente muta sul cordoglio, che la consuma. E cercò, discretamente, d'indurla ad aprirsi: ma invano. Né, per osservare, che facesse, le riuscì di scoprire il menomo indizio di quanto, poi, seppe essere il vero.

V

Un giorno, stavano sole, sole. Tornate in casa, poco prima, oppresse dal caldo, dall'afa, s'erano spogliate e lavate, mani e volto, e mutata la biancheria ed arruffate e scomposte alquanto le pettinature e, poi, rivestite un po' sciattamente, infilzando: la Radegonda, una veste da camera di casimiro rossa, costretta negligentemente da un cordoncino doré; l'Almerinda, un camice di mussolina, listato di verdognolo e bianco. L'Almerinda sedeva su d'un canapè, dritta, dritta, col gomito sur un tondino di marmo, con la guancia nella palma, con gli occhi fissi nel sottolume d'inceratina; la Radegonda si cullava, sdrajata lunga lunga, in una poltrona a dondolo, con le palpebre abbassate, accarezzandosi le labbra con l'indice della sinistra. Chicchieravano d'ineziucole; commentavano burlescamente alcuni discorsi, fatti dagli amici; deliberavano sull'impiego della serata e della dimane; ma, pian piano, la conversazione illanguidì, quasi le sonnecchiassero. Eppure, tutt'altro: la Ruglia-Scielzo corrugava le sopracciglia e si sentiva rivoltare lo stomaco, pensando al convegno, dato a Maurizio pel giorno seguente; e che non avrebbe la forza d'animo di non andarci, e che non saprebbe resistere, finalmente, alla ressa di lui, e che si contaminerebbe, nuovamente, di amplessi adulteri. E così rimeritava il buon marito della fiducia illimitata, della piena libertà concessale! Così adempiva a' doveri materni! Invece di accudire a' figiuoletti, d'istruirli ed educarli, invece di badare alla casa, in braccia al drudo, eh? In que' giorni di svago, i fratelli e lei avevano speso anche piú dell'usato, accumulando nuovi *deficit* agli antichi: dove prenderebbe il denaro? Ed era giusto, era onesto il dilapidare la sostanza del marito, lo sperperare il patrimonio de' figliuoli, per inutili sfoggi o per saldare i debiti di giuco de' germani? Pensava così, con gli occhi intesi, con le labbra strette, con le braccia rigide, senza che un moto, un cenno rivelasse la tempesta interna. La Salmojraghi, all'incontrario, vinta da stanchezza voluttuosa, riandava i piaceri goduti, le belle cose viste in que' giorni. Vaghi que' dintorni di Napoli, sempre! vaghissimi, poi, quando si percorrono, in brigata, di primavera o d'autunno, col cielo senza una nuvoletta, tutti amici, giovanotti spensierati e baldanzosi, donne sorridenti e benevole! Cogliere il capelvenere ne' vomitorî degli anfiteatri a Pompei o Pozzuoli; fare echeggiare paurosamente di risa le grotte di Ercolano; so io di molto! La lombarda diè un sospiro; e la meridionale, riscuotendosi, chiese con premura: «Che c'è? che ti manca? Vuoi qualcosa?»

«Nulla, nulla, nulla!»

«Bah! se sospiri? *Coeur qui soupire, n'a pas ce qu'il désire.* E chi può giurare di non nutrir qualche desiderio insoddisfatto?»

«Io, bell'Almerinda. Ah sì, davvero, davvero, non mi avanza che desiderare. Sono felice quanto nessun'altra mai».

«Eppure ho notato, che, la camicia, tu ce l'hai».

«Burlona!»

«Ti pregherò di prestarmela; vedrei se mi giova».

«Ma, veramente, sai? sono felice tanto, da non poterci pensare senza un certo raccapriccio. Tutto riesce a seconda de' miei desideri piú secreti. Se credessimo all'invidia de' numi, io mi

10

dispererei. Mi sforzo ad aver capricci; il caso o la provvidenza li soddisfa. S'io fossi irragionevole tanto, da incapricciarmi di una stella, persuaditi, la stella si staccherebbe dal cielo per cadermi in grembo. Guarda, giorni sono, mi soffermo innanzi alla vetrina d'un negoziante di stampe: c'era esposto un panorama di Napoli. Io penso: *Sarebbe pur bello l'andarci!* Torno a casa; e mio marito mi dice: *Se facessimo un viaggetto?* Io: *Per Napoli?* E lui: *Già, fino a Napoli, da mio fratello.* Voglio morire, se avevo pensato, che il fratello di Gabrio si trovava qui. Purché la duri! purché, un giorno, io non abbia a scontare, con atroci dolori, la felicità d'oggi! E questo è niente: io non ricordo di avere avuto un mal di capo. Sono privilegiata; ed il Signore Iddio non parlò per me, quando disse alla donna: *Ti accrescerò il travaglio della gravidanza e le doglie dello sgravo; partorirai figliuoli dolorosamente; e dipenderai, per ogni desiderio, dal marito, che ti signoreggerà.* In casa, comando io; mio marito, se gli dicessi di buttarsi dalla finestra, mi compiacerebbe, senza discutere: Mi ama come un matto: tanto, ch'è, quasi, ridicolo. E gli vuò bene, anch'io. Non desideravo se non un rampollo: uno ne ho avuto. Desideravo la femmina; ed è una tosetta, che mi vien su, come puoi vedere, prosperosa, intelligente. E la non mi lascerà, mai, un giorno solo, finché non sia grande e passi a marito. Gabrio giura, ch'io gli ho portata la benedizione in casa; che, da quando son sua, non ha piú incontrato difficoltà e gli affari gli vanno a vele gonfie. Suo fratello, Babila, pretende, che l'avermi per cognata ha portato fortuna, anche, a lui. Non ho un rimorso; non ho nulla da rimproverarmi. Temei, che il mio confessore, don Cammillo Berretta, eccedesse nella indulgenza; e gli ho fatto qualche infedeltà, una e due volte, ricorrendo a chi aveva fama di severo. Ma sì! non ho potuto trovare chi m'imponesse la menoma penitenziuola; e, sicuro, temo, quasi quasi, d'aver esagerati i miei scappucci!... E, qui, in Napoli, come si portano a confessori? com'è il tuo, bell'Almerinda? Rigido molto? Da chi vai? sei, anche tu, delle infatuate del Capecelatro? vai dal Pica?»

«Il mio? Non ne ho. Sono anni, ch'io non mi confesso. Sono anni. Confessarmi? Dire ad un prete, ad un uomo... Oh no!»

«Eh, eh! che occhiate, che mosse! Sei piú avanzata di me, tu! Quasi quasi, scommetterei, che fai la scettica. Perché, mo, tanto orrore?...»

L'Almerinda si sentiva un nodo alla gola e mancare il respiro. Il vaso, troppo colmo, deve traboccare. Vengono momenti, in cui non se ne può, proprio, piú; e ci vuole lo sfogo, a qualunque costo. Quando il soldato, rifinito, nel giorno della battaglia, sta per morir di sete, beve, ingordamente, l'acqua delle pozzanghere, che avrebbe, in altro tempo, fuggita con isdegno, con cui non avrebbe voluto lavarsi i piedi. Quell'impeto del bisogno, che il costringe a berne, costringeva, ora, l'Almerinda a piangere e parlare.

«Ah! non è, ch'io non creda... Ma non ho coraggio!.. Ma certe cose, le farò, le farò; pure, non ho la sfacciataggine di narrarle. Riconciliarmi? A che pro? sono indegna, sono perduta... Che giova un pentimento sterile, quando non si desiste dal peccare? E dover fingere, mentir sempre! E perché, perché hai fatto male, fatto male una volta, non saper tornare indietro, dannata a far, sempre, peggio, anche, quando il peccato non ha, piú veruna attrattiva!... Ogni sforzo per uscir dalla fogna ti ci rificca sempre piú addentro! E macerarsi e disprezzarsi e pentirsi e mortificarsi, inutilmente!...»

La Radegonda era balzata in piedi: sorpresa, commossa, ammirando. Per lei, felice fino al disgusto, cullata da tepida bonaccia sul pelago della vita, lo spettacolo di una tempesta interna, di una infelicità profonda e sincera, era vertiginosamente attraente. Quando vide gonfiarsi di lagrime gli occhi dell'amica; quando se la sentì, convulsa, singhiozzare fra le braccia: acquistò per lei venerazione e rispetto. *Res sacra miser.* Se la strinse al cuore; la confortò; le fu prodiga di baci, di carezze. E, con l'insistenza di chi ama, con la curiosità di chi s'avventura per oceani innavigati, per terre incognite, le strappò la confidenza della cura micidiale. E quell'Almerinda, che non avrebbe osato confessarsi, velata, attraverso le grate del confessionale, ad un vecchio sconosciuto, e richiederne il saggio e sperimentato consiglio; ora, commise all'orecchio di una, che la conosceva, che ne sapeva il nome, che la vedeva arrossire, che nessun giuramento, nessun obbligo assunto e nemmanco una promessa vincolavano a non tradirla, piú giovane, piú inesperta, piú svagata di lei; le commise il suo secreto. E ne implorò l'assistenza, il consiglio; e le disse: «Comandami, obbedirò; imponi, farò».

La Radegonda comprese, che, quel nodo lì, s'aveva a troncarlo d'un colpo e netto, senza titubazioni punte. Se l'Almerinda ne fosse stata innamorata di Maurizio, beh! si sarebbe, in certo modo, capito, che lottasse con la coscienza. Ma, non amandolo, ma ripugnando a' suoi abbracciamenti, perseverare nella pratica, era cosa ridicola; o, per meglio dire, sarebbe stata ridicola, altamente ridicola, se non ne fosse ita di mezzo la pace d'una famiglia, la ragione e, forse, la vita d'una donna: l'Almerinda era sulla via dell'insania e della consunzione. Rompere, dunque, secco: spiegarsi e chiaramente spiegarsi col giovane, sicché non potesse illudersi piú, né chiamarsi ingannato, ned insistere decentemente. Benone! Ma come? Per lettera? No, no! la lettera è, di necessità, monca, insufficiente, equivoca; e, sempre, poi, pericolosa. A voce? Ma chi guarentiva la costanza dell'Almerinda? In un colloquio, avrebbe, alla lunga, ceduto; e si sarebbe stati daccapo. Quante volte non era andata a' convegni, deliberata a spegolarsi; e n'era tornata piú impaniata di prima! Parve, dopo lungo deliberare, che l'Orsenigo dovesse assumersi l'incarico di far capace il povero Della-Morte, che tutto era finito tra la signora Ruglia-Scielzo e lui. La dimane, andrebbe ella al convegno, invece dell'amica; andrebbe, coraggiosamente, in casa dell'ufficiale, a piantargli un pugnalotto nel cuore: ché, già, prevedevano entrambe arcibenissimo quel, ch'e' soffrirebbe. La missione della Radegonda non era delle facili! presentarsi da un uomo, appena conosciuto, che stassene aspettando un'ora felice per dirgli: «E' ti bisogna rinunziare, pel momento e pei futuro, ad ogni felicità!» riportargli le lettere ed i doni, mandati alla sua donna; chiedere la restituzione de' pistolotti e de' capelli di lei; calmarne le furie... Uhm! ci voleva proprio la baldanza d'una privilegiata della sorte, per accollarsi, spontaneamente, questa briga, senz'esserci chiamata, senza che l'affare a lei punto appartenesse.

Così, sciolto l'imbroglio con Maurizio, sarebbe finita la peggio causa di disperazione per l'Almerinda. Quanto a' garbugli finanziarî, anche lì, tagliar netto. E, prima di tutto, rifiutare qualunque altro nuovo prestito a' fratelli, qualunque altra firma alle loro cambiali. Non trincerarsi dietro alla prescritta autorizzazione del marito per quelle in giro, questo no, sarebbe stato un'infamia. Bensì, parlar chiaro e tondo a' signorini Scielzo; e, caso o non volessero o non potessero, proprio, pagare, supplire a' bisogni piú urgenti con la vendita de' giojelli inutili; chieder dilazioni e respiri pel resto; in ogni caso, in ogni distretta, c'era lei, Radegonda, pronta ad anticipare la somma necessaria: e metteva, sin dal momento, il suo portafogli, i suoi risparmî, la cassa del marito, a disposizione dell'amica. Poi, senza indugio, riformare l'andamento della casa; richiamar la bambina dall'educatorio; dirigere e sorvegliare ogni cosa; smettere la servitú superflua: tante nuove riprese. Andare in villeggiatura, sotto pretesto di salute, che non sarebbe stato tutto pretesto: nuova economia e modo onesto di sciogliere quella società pericolosa, di cansare ogni prossimo incontro col Della-Morte, e nuove relazioni possibili... Perché, già, i mali morali non sono come certe malattie, che s'hanno e si contraggono una sola volta; anzi! tutt'al contrario. Così, l'Almerinda potrebbe vivere secondo i suoi desiderî, senza uscire da' cancelli della sua morale, varcati per debolezza e condiscendenza, per facilità nel cedere al cattivo esempio; e riacquisterebbe la pace perduta, la stima di sé stessa.

Ecco, in breve riassunto, le savie risoluzioni prese, allora, dalla Ruglia-Scielzo, per consiglio della Salmojraghi, che promise assisterla ed agevolargliene l'adempimento. E, da lungo tempo, l'Almerinda non godeva la tranquillità, che le procacciarono queste determinazioni. La Radegonda, poi, era compresa da profonda sollecitudine, osservando, così, scatenate in altri quelle passioni, che, personalmente, ignorava. Bella cosa, eh, dalla terra sicura, guardare i cavalloni furiosi ed i navigli pericolanti ed i nocchieri disperati; e palpitare di dolce angoscia pe' casi loro, senza esporsi punto a repentaglio; e fare segni e dar consigli per la salvezza loro! Tutto questo l'ha espresso così bene Teocrito, un dumil'anni fa circa, che non ci si può aggiungere proprio nulla, al suo idillio.

VI

Maurizio ci aveva la mamma, Chiarastella Parascandolo; buona donna, che amava il figliuolo piú della luce degli occhi, e, se ho a dirla, del debito. Vederselo vicino l'era unica gioja nell'austera vedovanza, unico desiderio nella onesta vecchiaja, che conchiudeva una vita operosa e sacrificata. Eppure, quell'affetto, pieno di disinteresse e d'abnegazione, temeva tanto di rendersi importuno, temeva tanto d'impedire, col soddisfarsi, qualche capriccio o qualche piacere del figliuolo, non foss'altro col ritegno, che il coabitare con la madre impone, sempre; ch'ella era stata prima a suggerirgli di prendere un quartiere separato: «Staresti troppo lontano dalla caserma, qui. Con la caserma a San Pasquale a Chiaja, sarebbe d'incomodo serio per te, per l'ordinanza, l'abitare al Corpo di Napoli. Massime, che non ci abbiamo scuderia; e ti dovresti separare da' cavalli... No! Non voglio pretender questo sacrifizio; sarebbe egoismo. No, caro figliuol mio, io non posso comperare, col danno tuo, la soddisfazione d'averti meco. Vientene a vedermi, spesso, questo sì; vieni, sempre che le tue occupazioni ti lasciano un po' di libertà. Ed anch'io verrò, spesso, a sorvegliare se tutto cammina in regola a casa tua. Così, pure, avrò un'occasione di far quattro passi, senza la quale non uscirei; e, sai? il medico mi raccomanda, sempre, moto, moto, moto!»

Maurizio si lasciò persuadere senza difficoltà da questo discorso, terminato da un bacio, che la mamma li stampò sulla fronte. Erano i primi giorni, appunto, dell'arrivo del reggimento in Napoli. Trovò un bel quartierino a solatìo, primo piano, poco discosto dal quartiere, con vista sopra un ameno giardino, dal quale venivano aure profumate e sciami di zanzare, una voluttà ed un supplizio, nuova dimostrazione, che, in questo mondo sublunare, il bene ed il male son connessi, inseparabilmente. Del resto Maurizio capitava, quasi ogni giorno, sul principio, alquanto piú di rado, in seguito, dalla madre; quando all'ora di pranzo, quando la sera, tardi, dopo il teatro; e facevan di gran chiacchiere, insieme: confidenze da una parte, ammonimenti dall'altra, amore dall'una e dall'altra. L'ordinanza, poi, era un continuo andare e venire, da San Pasquale a Chiaja al Corpo di Napoli e dal Corpo di Napoli a San Pasquale a Chiaja; e, ben presto, fu devota piú alla signora vecchia che all'uffiziale. La Della-Morte estese su quel giovanotto un po' del suo affetto materno; era cosa di suo figlio e tanto bastava. Ed il povero confidente, che ci aveva a casa, a Dogliano, là nelle Langhe, in quel di Mondovì, anch'egli una mamma, e l'animo un po' brancicato ed oppresso dal ruvido tocco della disciplina militare e da' modi aspri, anzi che no, dell'ufficiale, si sentì confortare dall'insolita bontà:

Come, ne la stagion men fresca, suole,

per servirmi d'un paragone, che Monsignor Giovanni Guidiccioni tolse, guastandolo, da Dante Allaghieri.

Curando la signora Della-Morte lei il bucato, la biancheria, ogni cosa, insomma, del figliuolo, non le mancava, mai, pretesti per recarsi da lui e per intrattenervisi. E questa lontananza e queste visite davano una lieve apparenza di frutto vietato od almen contrastato alla piú pura e santa delle relazioni possibili e ne aumentavan, quasi, il piacere. Così siamo: contrasti ed ostacoli ci servono di stimolanti! Persin la mamma abbraccia il figliuolo con gusto maggiore, quando una circostanza le rende malagevole il farlo.

Anche l'ufficiale godeva nell'accôr la mamma nel suo quartierino: sempre che lei ci veniva, era festa. Lui l'amava come si suole amare la madre, in ragion diretta de' dolori, che, scientemente, le si arrecano: amore profondo, onde noi stessi non si comprende l'immensità, prima del giorno atroce, in cui si rimane orfani. Pure, una mattina, parve (ed ella se ne accorse), che quella visita gli tornasse non dirò malgradita, ma inopportuna, via, di contrattempo. Doveva (disse) abbigliarsi, in tutta fretta, per andarne al rapporto; era, già, in ritardo; e sgridò, con malpiglio, il confidente per una inezia; e, quando la madre disse: «Scappo via, perché ti farei perder tempo», lui non la trattenne con insistenza, come era solito far le altre volte e fin sul pianerottolo.

Approfittando della giornata splendida, Donna Chiarastella ne andò a passeggiare in Villa, sotto il viale delle querce, lunghesso il mare: bello tanto, prima che, ampliando la Villa, l'avesser privata d'ogni antica sua bellezza caratteristica. Lì, si rammentò di aver voluto regalare al figliuolo un pajo di pantoffole, ricamategli da lei e che recava montate nella sacca a mano. La furia di Maurizio gliele aveva fatte dimenticare. Pensò, nel tornare a casa, di risalire da lui e di collocargliele accanto al letto, acciò le trovasse, la sera, nello scalzarsi.

Rieccola su per quelle scale. Una scampanellata! e l'ordinanza viene ad aprire. Ma sembrò imbarazzata; e quasi, non le faceva posto per entrare: «Oh! signora Lei?... ma come?...»

«Che miracolo c'è, Gregorio? Si direbbe, che non mi avessi veduta, mai...»

«Ma, signora, il signor capitano è in casa...»

«Mio figlio non è uscito? che si senta male?» e faceva per avviarsi alla camera da letto; ma il povero Gregorio la trattenne.

«Per carità, signora, parli a voce bassa. Il capitano non è solo».

La Della-Morte capì; e provò come una stretta al cuore, ché le fu d'uopo d'appoggiarsi ad una credenza, per rimanere in piedi. E, poi, dal cuore, il sangue le rifluì al volto e le cornarono gli orecchi e le si annebbiarono gli occhi. Quel, che provò, nel primo momento, è indescrivibile. Le pareva di essere schiaffeggiata; le pareva, che il figliuolo le mancasse di rispetto e l'insultasse. Dunque, una mezz'ora prima, Maurizio l'aveva, in fondo, cacciata di casa, per farvi luogo ad una femminaccia qualunque, ad una sgualdrina... Che altro poteva esser colei? Ed, ora, ecco, ella stava innanzi alla porta chiusa di lui, mentre egli, dietro quell'uscio e quella parete... Fu. come una delusione. Sì, certo, malgrado la rigidità della sua vita, lei comprendeva, ammetteva, permetteva, che l'uffiziale, certe cose, le facesse: ma altro è l'ammettere una cosa idealmente, altro il vederla, il toccarla con mano. Il pudor suo era contristato. Il vizio (ossia ciò, ch'ella stimava tale; e voi, uomini spregiudicati e donne emancipate, scusate quella donnicciuola!), il vizio le rapiva quell'Unico suo; Maurizio anteponeva la compagnia d'una sgualdrina alla madre.

Gregorio, turbato, nel vederla quasi sdilinquere, corse in cerca d'un bicchier d'acqua. Essa il tracannò, macchinalmente; e quella frescura, calmando la febbre de' polsi, mutò, anche, il corso de' pensieri. Ritrovò l'indulgenza solita pel figliuolo, la consueta mitezza di giudizio: «Povero giovane! si sa; è simpatico, è ufficiale, è decorato, deve piacere alle... alle donne, a tutte le donne. Ed il mondo, poi, non è, come il vorrei riformare io. Per pretender che vivesse da frate, non avrei dovuto permettergli d'arrollarsi nel cinquantanove! Sono trascorsi di gioventú. E lui poteva, forse, prevedere, ch'io capiterei stamane? E non è stato, forse, un riguardo rispettoso il mettermi alla porta, dico, il lasciarmi partire, il non trattenermi? Poteva lasciarmi incontrare quella, che è da lui? Quella!...» E, qui, la madre sentiva mordersi da una strana gelosia. «Chi sa? Forse, anche, è una, che l'ama davvero. Il merita, Maurizio; merita d'essere amato di cuor sincero. Sarebbe anche buffa, ch'io me ne lagnassi! Da lagnarsene ha, chi riman burlato: ma io, io debbo esser grata a chi consola mio figlio. E lui non è mica una mosca senza capo: avrà saputo scegliere. Ad ogni modo, bisogna risparmiargli la mortificazione di sapere, che io so qualcosa. Una madre certi scappucci deve, sempre, ignorarli, fuorché per vegliar sul figliuolo, o quando il figliuolo viene a lei, per consiglio o conforto».

Si chinò il velo sulla fronte; e raccomandò, caldamente a Gregorio, che gliel promise, di non dir nulla al capitano di questa sua venuta. Le pantoffole, le riportò seco, promettendosi di mandargnene, poi, la dimane: giacché lei non sarebbe piú tornata, ad un simile incontro non si sarebbe riesposta, di nuovo, un'altra volta. E Maurizio doveva ignorare, sempre, l'episodio.

Ma, dopo due giorni, la mamma non seppe resistere a quest'esilio dal quartiere del figliuolo; e quando Gregorio, il sabato, venne a recare la biancheria sudicia ed a prender quella di bucato, dopo avergli dato una lauta colezione, in un momento, ch'eran soli: «Gregorio» gli disse «t'ho da chiedere un favore».

«Comandi, signora; cosa ch'io possa!»

«Ma, vedi, la cosa deve rimaner secreta fra me e te».

«*Contacc!* Non lo saprà nemmanco il padrone».

«Il padrone soprattutto non deve saperla».

«Comandi?» ripeté Gregorio, con un tono, che indicava come promettesse sinceramente la discrezione assoluta richiestagli.

«Fammi il piacere di gradire questi due fulardi rossi: tu non ne hai... Ma, vedi, se accadesse mai, che il capitano fosse impedito, che non potesse ricever nessuno, neppure me, sai? legane uno all'inferriata del balcone del salottino. Io mi son vecchia; e vorrei risparmiarmi una scala inutile. Hai capito, Gregorio?»

Gregorio aveva capito: ci volea poco. E fece come gli era detto, quantunque volte se ne profferse l'occasione. E, così, la buona vecchia, rassicurata, tornò dal figliuolo. Ned altrimenti si parlò fra lei e l'ordinanza dell'incidente; né gli fece alcuna domanda per appurare il nome della visitatrice.

Ma, nel bucato di quella volta, si trovò un fazzoletto di battista con le iniziali ricamate:

A.R.S.

La Della-Morte le interpretò rettamente; e non ne fece parola. Se non che, un giorno, Maurizio notò la bandieruola rossa, che violava i regolamenti municipali, impunemente, come, sempre, a Napoli. Sgridò l'ordinanza, che si scusò alla meglio e dovette convenire del perché. Maurizio era stanco, tornava dalla manovra, non aveva dormito la notte e ci aveva, poi, avuta una visita dell'Almerinda. Pure, uscì subito, passò per un negozio di seterie e, quindi, andò dalla mamma.

«Che buon vento ti conduce da queste parti?» gli disse, sorridendo, la vedova.

«Nulla» rispose il giovane abbracciandola «era venuto, per dirti, che t'amo; per dirti, che sei un angelo...» Noi chiamiamo *angelo* chi ci aiuta a soddisfare le passioni od, almeno, si astiene dallo attraversarci.

«Adulatore!» sclamò la madre, stringendosi al petto il capo del figliuolo, che le s'era inginocchiato davanti, in modo da soffocargli la voce. Ma il giovane si liberò dalla stretta e proseguì:

«Per dirti, che sei un angelo di bontà e d'indulgenza; e per chiederti un favore!»

«Ah, le parole melate c'erano per corrompermi, birrichino?»

«Sì, mamma» disse l'uffiziale, ipocritamente compunto.

«Sì, mamma!» ripeté la vecchierella contraffacendolo. «Guardate un po', che sfacciato! E sta' quieto, non mi stringer così, che mi fai male con l'elsa dello squadrone. E cosa vuoi?»

«Voglio, che tu gradisca da me questo dono!» E le stampò un bacio in fronte, e scappò via. Nell'anticamera trovò la Raffaela, vecchia cameriera di casa; e sapeva così poco quel, che si facesse, che baciò anche lei.

La signora Della-Morte svolse, sorridendo, l'involtino, mormorando: «Gesú, che matto! che scapato!» V'eran dentro quattro fulardi rossi. Capì, che il figliuolo aveva appurato ogni cosa. Capì, che le chiedeva scusa. Si sentì come divenuta sciente e non rivelante, quasi complice della colpa di lui... Chiarastella Parascandalo diventata una prossenete!... Ma, per una soddisfazione del figliuolo, ma per vederlo contento e riconoscente a lei, nulla le sarebbe rincresciuto. Appoggiata la fronte sulla manca, pianse. Mamma e figliuolo non tornarono, mai piú, sull'argomento.

VII

Oh l'aspettare colei, che s'ama, nelle proprie stanze, quando, giovani, si vive soli, senza soggezione! Chi l'ha goduta, questa felicità; e chi l'ha soltanto fantasticata. Ma nessuno può pensarci, senza sentirsi ribollire il sangue. Già, parecchie ore prima, uno si studia di azzimarsi alla meglio; e ciò, che, in altro tempo, sarebbe fatuità, quello starsene allo specchio, quel comporsi i capelli dieci volte, quell'adoperar mille spazzolini ed unguenti, quel travagliarsi, mezz'ora, intorno al nodo della cravatta, allora, è virtú, è un mostrare animo ben fatto e riconoscente, è uno studio di rimunerar colei, che ne compiace, piacendole. E, poi, si ordina, s'invigila, acciò la camera venga rassettata ammodo: tutto dev'essere disposto acconciamente e subordinato alla gran visita. Si nasconde la tal bazzecola, certe carte, certi libercoli; e mettendo altre coserelle in evidenza, si procaccia, che l'amica debba, necessariamente, badarvi, osservarle. Piccole imposture! Nossignora! è l'affetto, che corregge ed agevola il caso; che non vuol permettere di non accadere a ciò, che dovrebbe accadere.

Tutto è fatto, non ci è, piú, nulla da regolare; e mancano due altre ore! Come ucciderle? Si esce. Ma non dà l'animo di allontanarsi da casa. Ne possono accader tante! E se, per caso, anticipasse? Se, costretta ad andarsene prestissimo, venisse, un'ora prima del convenuto? Se mandasse un'ambasciata, una letterina, per iscombinare o traslocare o modificare l'appuntamento? Si cammina, su e giú, avanti al portone. Ma un tanghero, che passa e ci ferma, ma il caro marito di lei, che capiterà, forse, allora, malauguratamente, tra' piedi, ci fa sudar freddo. E se la passasse, proprio adesso? Addio tutto! O salirebbe le scale senz'accorgersi di nojaltri e, non trovando nessuno in casa, partirebbe adontata; o, vedendoci, fermandosi, sarebbe, forse, costretta ad accettare il braccio del buon consorte, per rincasarsene con lui. Poi, lo spasseggiare, innanzi et indietro, in breve spazio, (e lo spazio deve essere breve, ché non si vuol, mai, perdere di vista il portone,) dà negli occhi troppo, può invogliare qualcuno a spiarci. Ed, in que' casi lì, si aborre dal richiamare l'attenzione degli sfaccendati, si vorrebbe il mantel di Leombruno, l'anello del Re di Tangitania. Quanto a torto si decanta l'industria moderna, che non sa tessere o fondere arnesi cosiffatti! Non rimane se non tornarsene in camera. Si spalanca la finestra; si accende un sigaro. Ma fa troppo caldo; ma si è troppo eccitati; ma un uomo, a quell'ora, che ozia al balcone, richiama maledettamente l'attenzione delle pettegole del vicinato; ma non bisogna farsi veder chiudere la finestra, al sopraggiungere di una donna; ma si fumerà, dopo, con lei, insieme, una boccata per uno... E si butta via il sigaro; si socchiudon le persiane; si risciacqua la bocca con un po' d'acqua di Felsina. Calmiamoci: leggiamo, scriviamo, sediamoci, qua, sul canapè; non pensiamo a ciò, che accadrà fra poco. Chêh! la penna incespica sulla carta; l'occhio s'ingarbuglia nella lettura; il pensiero non sa staccarsi dalla indimenticabilissima, da lei. Picchiano. Sarà dessa; ha fatto presto. No, era la posta: lettere, giornali. Si dissuggellano, sbadatamente, le buste; si rompono le fascette: ma l'occhio e la mente non si lasciano cattivare, neppure da' *Telegrammi* e dalle *Ultime Notizie*. Ormai, sarebbe ora, che la giungesse! Ripicchiano! Oh è lei senza dubbio! Neppure. È un rompiscatole, un seccatore, un *ateo*, via! Ahimè, come sbrigarsene? E s'ella sopravvenisse? Essere costretto ad augurarsi, che la ritardi! Bestia d'un domestico; non sapeva dire: *Il padrone è uscito?* E bisogna non far troppo capire a costui quanto c'importi di rimaner soli: sennò, capacissimo di piantarsi giú, al portone od alla cantonata, e spiarci! Fortuna, io ti benedico! Non voleva se non appoggiarmi una stoccata! gli si regalerebbe fin la camicia, purché andasse fuor degli stivali! Se n'è ito! Ma cos'ha la signora, cos'ha, che non giunge? Ed è, già, in ritardo di venti minuti! È, già, mezz'ora, che dovrebbe esser qua! Il campanello! Oh non sarà nemmanco lei! Sono trascorsi trequarti d'ora! non può piú esser lei. Zitto! Un fruscìo d'abiti. S'apre l'usciuolo: è dessa, tutta ristretta in sé, tutta imbacuccata. Dice, a bassa voce: «Eccomi!» Dice, ansando: «Temeva, temeva che non mi riuscisse di scappare!... Ma tanto ho fatto!... Per poco, sai!... Mi aspettavi?» Crudele, che osa dubitarne, domandarlo! E siede, per riprendere fiato senza pur togliersi il cappellino, senza alzarsi il velo. Tu ti allontani. Ed essa a chiederti: «Dove vai?» Tu non rispondi. Ma chiudi l'uscio a chiave e torni a lei; e t'inginocchi a' piedi di lei; e stringi le mani di lei; ed alzi gli occhi e le labbra, agognando, al volto velato di lei. Ed ella, piamente, pianamente, inchina verso te la faccia...

Quante e quante volte, Maurizio non aveva aspettata, così, l'Almerinda! Quante volte, questo nostro schema fantastico era stato, per lui, un fatto lieto, soave! Quante visite passate, soavissime o burrascosissime, rammentava, seduto fuori sul terrazzino, riparato da una persiana alla siciliana, con le gambe accavalciate, il sigaro, in bocca, ed un giornale non letto, in mano! Sarebbe un giorno di luna? dovrebbe litigare, per ore? ottenere, a stento, la piú infima delle voluttà? violentar, quasi, la donna? Oppure navigherebbe col vento in poppa? e, come una nave, che dà in secco, si troverebbe stretto fra le braccia dell'amica, senza sforzo o pena? Tra! Tra! Tra! Tra! Una carrozza chiusa si ferma innanzi al portone; lo sportello s'apre; scende una donna velata: egli butta il sigaro, brancica il giornale, rientra la seggiola. Una scampanellata; drin! drin! drin! Il grave passo del confidente, che disserra la porta: pacch! pacch! pacch! Una voce tenue femminile: zizì! zizì! zizì! momenti dopo, un picchiare con le nocche delle dita all'uscio di stanza: tocch! tocch! tocch! «Avanti» esclama Maurizio. Da fuori, non hanno sentito, e ripicchiano un po' piú forte: tocch-tacch! tocch-tacch; tocchtacch! «Favorisca!» grida lui; e corre ad aprire. S'apre la bussola ed il confidente: «C'è una signora, che chiede di lei, signor Capitano!» «Entri. E non ci sono per nessun altro. Sono uscito, son di servizio, sono all'ospedale, sono morto! Di' quel, che t'aggrada, a chi mi volesse; ma non fare entrare nessuno, intendi?»

La donna, frattanto, era entrata; e s'era accostata al terrazzino. Maurizio chiude l'uscio a doppio giro, bench'ella faccia un gesto ed un passo, come per vietarglielo, e mormori un «No, lasci stare». Poi, radiante di felicità, gira su' tacchi, muove alla volta di lei e ne prende la mano, non consenziente e non ripugnante alla stretta affettuosa. Ma, qui, s'accorge, che quella donna lì, non è quella, attesa con tanto desio; e si ferma conturbato, impacciato; e ritira la propria destra con uno: «Scusi!» La visitatrice, conturbata ed impacciata anch'essa, alza il velo; ed egli riconosce la Salmojraghi. Cosa passasse pel capo al povero Della-Morte; come egli si rendesse, momentaneamente, ragione dello scambio; quali paure presaghe lo assalissero; io non saprei dirlo. Ma previde una catastrofe. Gli si strinse il cuore; e barcollò come un uomo ebbro. Avrebbe mosso a pietà chiunque, figuriamoci la Radegonda! Se impietosisce fin lo sguardo del cane, cui, facendo mostra di gettare un osso, invece, s'è buttato un pezzetto di pane asciutto, ch'egli fiuta deluso e non sa risolversi ad addentare, e, poi, lascia lì, per tornare scodinzolando verso l'ingannatore!

«Caro signor Maurizio!...» cominciò la donna.

«Scusi, signora! Io aveva traveduto... credeva... In che posso?... a che debbo?... Come tanto onore?»

«Quell'uscio...»

«E vero, mi perdoni... Un equivoco... Io non l'aveva riconosciuta... sennò, creda pure... Quel velo!...» balbettava Maurizio, ingegnandosi di aprir l'uscio e non giungendo a voltar bene la chiave. Finalmente, respinto il maschio, girò anche la maniglia e spinse un po' la bussola, quasi perché la signora Salmojraghi-Orsenigo si cerziorasse con gli occhi suoi, di non essere prigione. Poi, la richiuse a colpo, soltanto; e tornò verso di lei.

«Caro signor Maurizio» ricominciò la donna «io spero, che Ella voglia considerarmi per amica!»

«Signora, io...»

«Ad ogni modo, faccia di non volermi male per le cose, che io vengo a dirle e che, forse, l'affliggeranno; ma... *Ambasciador non porta pena*».

«Dica pure... comandi... Se valgo a servirla, si figuri!...»

«Io vengo da parte d'un'amica comune, della signora Ruglia-Scielzo...»

«Ahn?»

«Sì, da parte di lei, che, per me, non ha secreti. M'ha commesso un incarico delicato; e spero, che Ella me lo agevoli. L'amica nostra mi ha rimesso questo plico suggellato, (vegga!) per consegnarlo a Lei, in mani proprie. Prenda».

Il giovane si buttò sul plico, che, forse, conteneva la spiegazione dell'indovinello; e, senza neppur chiedere licenza alla signora, stracciò l'involucro. Sperava, per fermo, che racchiudesse una qualche missiva della sua fiamma; ma no! di pugno dell'Almerinda, nulla. Soltanto, le poche letterine ch'e' le aveva scritte, a lei; ed, in piccoli involtini di carta, certi poveri donuzzoli, che, alcuna volta, con istento grande e consolazione somma l'avea indotta ad accettare, ed alcuni oggettucoli permutati con oggetti analoghi di lei, qualche anella, un portacapelli, una catenina. Impallidì, vedendo l'inatteso rinvio. Poi, ostinandosi nell'ultima lusinga, cominciò, piú minutamente, a scorrere foglio per foglio, involtino per involtino; a cacciar fuori da ogni busta la carta e scuoterla e guardarla attraverso la luce: ad esaminare ogni gingìllo, come un orefice, che dovesse compilarne l'inventario. Ma sì! di quanto egli cercava, niente! della sua diletta, niente! Solo, le lettere erano impregnate di un vago profumo di pacciulì, per la cassetta, in cui la donna le aveva conservate. Quando fu certo, via, ché non era piú ammessibile un'ombra di dubbio, raccolse ogni cosa con accurata ed accorata lentezza; rimise tutto nella grande sopraccarta, che raccattò di terra; e, con uno squallore di morte sulle guance, rivolse l'occhio, interrogando, alla bella Salmojraghi. E questa, con la calma del chirurgo, conscio di straziare: «L'amica mia...» Poco prima aveva, pur, detto *nostra*; ora, approfondando il bisturi, diceva, solo, mia, e calcava su quel pronome possessivo. «L'amica mia m'ha detto, che Ella avrebbe, forse, un plico simile a darmi; e mi ha autorizzata a riceverlo».

«Io? No».

«Le lettere, ch'essa Le ha scritte? Le ripeto, che, per me, non ci sono secreti». Ed in queste parole, nell'accento, si sentiva come l'orgoglio d'essere confidente d'una tal faccenda!

«Io non ho nulla a restituire; io non mi spodesterò di nulla».

«Caro signor Maurizio, Ella è un uomo d'onore, un ufficiale, un galantuomo... Ella non vorrà ritener, per forza, lettere di una persona, che le ridomanda, riconsegnandole quelle, scritte da Lei».

«E che io non riprendo. Ho aperto il pacco, ignorandone il contenuto, io. Non ritolgo, mai, ciò, che ho dato. Ed Ella signora mia riveritissima, giacché Le è piaciuto di assumere questo messaggio, Ella, mi faccia il favor singolare di riportarli, questi fogli e questi oggetti. E dica alla

Sua amica, alla amica Sua, che bruci pure ogni cosa, che ne faccia, quel che Le pare e piace; ma io non accetto indietro nulla. Prenda, prenda. Ecco, scusi, Le ficcherò io ogni cosa in tasca... Per Dio! mi brucian le mani questi fogli qui, mi bruciano!»

«Sia pure! Io Le impegno la mia parola, che tutto sarà distrutto. Ma ecco, le lettere della amica mia molto meno possono rimaner da Lei, una volta arse queste. Pensi quanti casi si dànno! E se si smarrissero e cadessero in mano a maligni? Vorrebb'Ella compromettere una donna, che Ella ha, pure, amato?»

«Ho amato? Ed amo pur troppo...»

«Oh vede! O che dico io, dunque? mi riconsegni le carte. Cosa Le rappresentano piú, ora, che tutto è finito, per sempre?»

«Tutto? per sempre?»

«Tutto e per sempre. Coraggio; e badi a non farsi illusioni pericolose. Creda, pure, chi Le parla sincera e non Le desidera se non bene. Io comprendo quanto Ella debbe soffrire... Non istia mica ad iscrollare il capo: comprendo, che sono dolori senza nome... Ma sia uomo. Pure, doveva prevedere, che un legame di tal fatta non potrebbe durare eterno. Mi perdoni, o Ella non ha mai compreso il carattere dell'amica mia, oppure, che razza d'amore è il Suo? Egoismo schietto. Non s'è accorto, come soffre, come deperisce quell'infelice? Un momento d'irriflessione l'aveva trascinata ad errori, di cui la coscienza, continuamente, le rimordeva..., continuamente. I rimorsi non le davano pace o tregua, mai, mai; e ne sarebbe, sicuramente, morta in breve, come non vivrà piú, se non per espiare e pentirsi. Ed ha fermo di non ricordarsi del passato se non per deplorarlo, chiederne in ginocchio il perdono a Dio misericordioso, e cercare di riscattarlo con una vita di sacrificio, lontana dal mondo ingannevole, tutta devota alla famigliuola, a' doveri sacrosanti, che le impone lo stato di moglie e di madre. E bisogna, che, mai, un irrefutabil testimonio del passato, ch'ella rinnega, non possa sorgerle contro e minacciarne la pace domestica e riturbarne l'animo. E, sapendo, che un testimonio tale c'è, che c'è, in mano altrui, una lettera di suo pugno, che la condanna, se non altro, in apparenza, come potrebbe stare con animo sereno? Ella, generoso ed onesto, non combatterà una santa determinazione; l'ajuterà, ancorché Gliene incresca. Dirò, che, inoltre, deve avere un legittimo orgoglio, la coscienza del proprio valore; e Le disconviene di abbassarsi a correr dietro a chi non vuole, non puole esser sua, e non sarà tale, mai piú; sicuro, mai piú. Ella, gentiluomo, dimenticherà, dunque, assolutamente, una donna, che Le si raccomanda e Le chiede per sommo e unico favore di venir dimenticata! Non riconsegnarmi quelle lettere! Ma commetterebbe una violenza morale, indegna del suo carattere onorato. Ma le dia, qua, dunque. Saranno distrutte. Tanto a Lei inasprirebber, solo, il dolore della perdita crudele; mentre la loro esistenza turba, irreparabilmente, la pace di una donna, a Lei cara e giustamente cara ed ottima, a malgrado di un istante d'oblio. Via, me le rimetta! Mi si mostri quale è davvero, non accecato dalla passione. Via, Maurizio, non mi guardi così; non pianga! Sia uomo; soffra animosamente. Il mondo non finisce mica, perché una donna, che non L'ha, mai,veramente, quel, che si dice, amato... (Oh, io Gliel' ho detto, che sarei finanche crudele nella verità!) che non L'ha, mai, davvero, amato... (io so quel, che mi dico; e ripensi bene tutto il corso della Loro amicizia, ché mi darà ragione!) ha preso, finalmente, il savio partito di por fine ad una posizione falsa, impossibile, assurda. Ella è giovane: il cielo Le deve un compenso, una miglior fortuna; e Gliela darà, non dubiti. E, senta a me, verrà giorno, in cui, amato, marito e padre, Ella deplorerà, anche Lei, queste incomposte passioni giovanili. Ora, certo, Ella non mel crede; ma poi... Ma non pianga in questo modo orribile, no! farebbe piangere, anco, me. Io veggo bene, che debbo riuscirle esosa, e ch'Ella mi considera quasi nemica... Pure, vivo sicura, che il mio doloroso ufficio, che questa parte verrà, poi, apprezzata con giustizia ed affetto. Non era nemica colei, che ha confuse le sue lacrime con quelle dell'amico, quantunque le toccasse il duro incarico di fargliele versare».

La Salmojraghi s'era, davvero, intenerita; e piangeva, un po', le lagrime del coccodrillo: infatti, il capitano faceva compassione a vedersi. Lo spettacolo d'un uomo, che piange, o disgusta o schianta il cuore, secondo che ti è forza attribuirne la disperazione od a viltà d'animo oppure alla prepotenza del dolore, che lo strazia senza domarlo. Maurizio non era un dappoco: ma, perdio! amava sincerissimamente. Due lagrimoni silenziosi gli sdrucciolavano, giú, per la faccia impietrita ed abbronzata: una specie di ticchio doloroso gli deformava gli angoli della bocca. Eppure, quegli occhi, quelle gote, erano rimasti sereni, asciutte, quella bocca aveva proseguito a masticacchiare un mozzicone di sigaro, quando egli rizzava batterie o puntava cannoni sotto il fuoco nimico. Taceva, stringendo convulsamente i pugni, quasi per costringersi, quasi spasimasse pel tetano: e la Radegonda, con soave familiarità, dettatale parte dalla propria natura confidente, parte dalla commiserazione e dal rimorso di aver prodotto quel turbamento, aveva sovrapposte affettuosamente le sue due mani a quelle di lui: ma egli era insensibile a tanta voluttà di contatto. Finalmente, il meschino, non potendone proprio piú, diede in un singhiozzo e proruppe in lagrime disperate, che gli restituirono un po' di calma. Aveva una chiavettina dorata, tra' ciondoli dell'oriuolo: l'adoperò per aprire una cassettuccia di palissandro con intarsii di bronzo, che stava sullo scrittojo, accanto al canapè. Nella cassetta, vero bigiú, chiudevansi le letterine dell'Almerinda sua e mille ineziucole, mille ricordi, ritrattini, fiori appassiti, ciocche di capelli, un pajo di anella ed altri innumerevoli oggetti o rubati o donati da lei, insomma, que' nonnulla, che han tanto pregio agli occhi degli innamorati melensi (e quale innamorato non è melenso?). Le lacrime grondavano, proprio, senza metafora, dagli occhi dell'infelice, mentr'egli rimuginava in quel piccolo caosse. Prese fuori una lettera a casaccio; e si trovò, ch'era una delle piú amorevoli, fra quante gliene avea scarabbocchiate l'Almerinda; una di quelle, che, a riceverle, fanno balzare il cuore dell'amante ed il fanno camminare pettoruto per la strada, come se avesse vinto un terno al lotto o ricevuta la partecipazione d'una promozione. Cominciò a rileggerla con gli occhi; e piú leggeva e piú gli si accresceva il pianto: finché, forse, senz'accorgersene, tolse ad accompagnare gli occhi col moto delle labbra e poi con la voce articolata.

Ma la Radegonda lo interruppe subito: «No, Maurizio, io non debbo ascoltare questa lettura!...»

«Non mi ha detto di sapere tutto? Ebbene, sia giudice Lei, se, dopo...»

«No, Maurizio, io non posso, né debbo, né voglio arrogarmi alcun dritto di giudicare chicchessia. E, forse, anzi, certo, deplorerebbe, poi, d'avermi fatta partecipe di questi fogli, che Lei, solo, deve aver letti e che Lei, pure, deve obbliare. Ho detto: obbliare. Suvvia, me li dia qua, me li lasci suggellare col suo suggello!... acciò possa io riconsegnarli a chi li ha scritti in mal punto, con la certezza, che nessun occhio d'un terzo li abbia, mai, percorsi».

«Ebbene, me ne lasci una, almeno, di tante lettere! Gliele do tutte, ma una, via, può lasciarmene, la piú nulla ed insignificante; qualcosa di lei, che mi assicuri e testifichi d'esserne stato amato in fatti, di non aver sognato con l'accesa e torbida fantasia!... Altrimenti, come proverò a me stesso, che quanto ci è stato, fra noi due, non fosse una vuota illusione di felicità, solo ambita?»

«La creda pur tale, sarà meglio per entrambi».

«Ma come può rompere così? Su due piedi. Ah, Lei mi va ripetendo, che essa non ebbe, mai, amore per me! Eppure, quando si dice, quando si scrive, quando si fa, ciò che essa ha detto, scritto, fatto...»

«Maurizio!...»

«E, se non altro, sa quanto io l'ami, oh sel sa bene! E Lei, cara signora Radegonda, suppone, ch'io possa, mai, dimenticare il passato e quella donna? È un oltraggio. Ma Lei non sa!... Dimenticarla, io? Oh no! La non Le ha detto, dunque, come le cose sono andate, e quanto tempo io l'ho seguita e corteggiata ed amata, prima di osar, solo, dirle, che l'amavo? E poi... Ma no, io non debbo parlare o ricordare ciò, che è stato posto in oblio da quella lì. E tutto sarebbe finito? cesserebbe tutto? Parli per sé, lei. Per me, non è così, tutt'altro, il sento: quest'incendio non si spegne, come una candela, che basta sofffiarvi su... No, signora, non porti, ancor, via queste lettere; io Gliele ridarò, parola d'onore, ma mi lasci almeno il tempo di rileggerle un'altra volta...»

«A che servirebbe, Maurizio mio? Dia qua, dia qua... Crede, ch'io Le porti via un tesoro? Io porto via la palla, infitta nelle carni, e che non avrebbe, mai, permesso alla ferita di risanare. Dia qui, e non pianga».

«Ma se piange anch'Ella? Se anch'Ella vede e riconosce quanto io sia misero! E come potrò rassegnarmi a perdere tanto?...»

«Oh povero Maurizio, io sì, La compiango assai; ma, quasi quasi, La invidio pure. Sì, Le invidio questa sofferenza nobilissima. O Le par cosa strana? Ma non sente, non s'accorge di quanto la passione grande La sollevi al di sopra di nojaltri, che viviamo senz'essa? Oh come Lei ama! con quanto cuore! con tutta l'anima! Ebbene, io ho dovuto farla soffrire e molto: (ma, creda pure, nol dico per dire!) se, mai, potessi, comunque, compensare il dolore, che Le ho involontariamente inflitto, darei volentieri, dieci anni di vita».

VIII

Rinunzierei a descrivere, come lo stato di abbattimento, in cui rimase il Della-Morte, dopo questo colloquio, così, pure, il perturbamento dell'animo della Radegonda; ma mi è forza tentare di ritrarlo. Essa non seppe resistere alla tentazione di leggere que' due carteggi, de' quali era depositaria e che avrebbe dovuto incenerir, subito, senza neppure mettervi gli occhi, oppure riconsegnare all'Almerinda infatti. «Come!» dirà ognuno «La Salmojraghi commettere una indiscretezza cosiffatta?» Siete troppo indulgenti. Indiscretezza? era abuso di fiducia bello e buono! come tale il valutava ed il condannava essa stessa, nel suo secreto. «Ma se aveva fatto tanto la scrupolosa in casa del giovane, da non volergliene sentir leggere una pagina!» Ah! non vuol dire! così porta la natura nostra: in pubblico (se, anche il pubblico è ridotto al termine minimo d'un solo individuo) affettiamo sensi sdegnosi e noncuranza suprema; soli con noi medesimi, operiamo in aperta contraddizione di quelli. V'è un po' d'ipocrisia, anche, nella virtú piú incorrotta e sincera. «Ma cedere ad una curiosità, così volgare?...» Permettetemi di dubitare, che, in lei, questo atto poco lodevole fosse effetto di volgare curiosità. La spingeva affetto pe' due protagonisti e, quindi, desiderio di conoscere in tutte le fasi quel dramma, nel quale era apparsa, come *deus ex machina*, per troncare il nodo, prima; e, poi, una sollecitudine anche piú ideale, la sollecitudine per la passione, prescindendo dalle persone implicate, il desiderio di sapere come si ama. Infatti, quella corrispondenza fu, per lei, proprio, una rivelazione bella e buona; un alzarsi del sipario e mostrare uno spettacolo tremendo, splendido, inatteso, affascinante; una nuova chiave per ispiegarsi il mondo e lo scopo nostro e le pretese, che possiamo accamparvi, in modo tutt'altro, che non avesse fatto, sin allora. Interrogò l'Almerinda; osservò Maurizio. La signora Ruglia-Scielzo ripigliava, rifioriva ogni giorno, come chi si rià di una lunga malattia; aveva le gote rosse ed il guardo umido di chi, dopo aver combattuto, lungamente, pallido, un pericolo, si sente, alla fin fine, salvo e sicuro. Era entrata in piena convalescenza morale. Ebbene, la Radegonda se ne scandalizzava; e sì, che tutto era opera sua. Non sapeva capacitarsi, che ad altri tornasse tanto facile lo smettere la sublime abitudine della passione, del rimorso; piú facile, che non torni all'infimo de' beoni il rinunziare all'ubbriachezza! E che, poteva disapprendersi, così presto, quella scienza invidiabile? Chi era stato tanto agitato, rassegnarsi, anzi compiacersi, nella pace assoluta e piena, nella ignobile apatia? cicatrizzare, con tanta rapidità, una piaga tanto profonda? e non lasciar maggior orma che una gondola, solcando il queto stagno? Quasi quasi, avrebbe perorata, presso l'amica, la causa del povero Della-Morte. Questi le ispirava una pietà, mista di venerazione, come quegli, che era stato visitato da un Dio potente. E la sollecitudine, ch'ella provava pel giovane, era tanto evidente, e tanto patente, che avevano un secreto comune, che i fratelli Scielzo cominciarono a metterlo in burla, sostenendo, che la Milanese fosse innamorata di lui.

La Salmojraghi il rivide spesso, gli parlò di frequente, in disparte; ma non toccarono, mai, del secreto comune. Maurizio stava, per lo piú, cupo, ipocondrico, smorto, convulso, come chi non può risanare da un morbo occulto, che il consumi. Talvolta, conversando, massime con la lombarda, consapevole del suo stato, o con persone, che dovea desiderare nol conoscesser mai, affettava ilarità crudele, buffoneggiava con eccesso studiato. Cercò un diversivo alla passione; e lui, che soleva garrire, acerbamente, i fratelli Scielzo per quel viziaccio delle carte, divenne giocatore. O che volete? Come ammazzar le serate, ora, che non poteva spenderle, servendo la sua signora o consolandosi col pensarne? soprattutto, dovendo passarle spesso, ne' salotti di lei, acciò l'interromper, di subito, le sue visite frequenti non fosse argomento di sospetto a' malevoli! Ma non aveva modo nel giocare o discrezione; perdeva o guadagnava poste spropositate, con ispensieratezza eroica. Il suo pensiero non era al tavolino ed al macao, anzi presso la donna, che sedeva sul canapè, dirimpetto, o sulla poltrona, nella stanza contigua; non alla perdita: perduta lei, che importava ogni altra cosa? non al guadagno: qual primiera poteva ridargliela? qual somma vinta poteva ricomperargliene lo affetto?

È naturale, dunque, che affascinasse la Salmojraghi; e che questa giudicasse la sventura, la demenza, il tumulto delle passioni, la piaga insanabile di Maurizio, non solo piú nobile e felice della pace, riacquistata dalla signora Ruglia, ma, pur anco, della prospera e lieta sorte, goduta, sino allora, da lei stessa. Fra quel sorriso snervante della fortuna e quelle lagrime disperate con l'apparente tranquillità, che la nascondeva al volgo, qual era meglio? Fra l'Inferno ed il Paradiso dantesco, c'è da esitare? Non per la Salmojraghi! La sofferenza le apparve cosa desiderabile; la colpa o ciò, che, fino allora, aveva chiamato con questo nome, quasi, uno stato di grazia, moralmente superiore alla inerte e sterile innocenza. Avete, mai, visto in uno sperimento chimico, ravvicinare due sali, la base di ciascuno de' quali abbia maggiore affinità con l'acido dell'altra, che non col proprio? si decompongono e, contemporaneamente, ecco costituiti due corpi, diversi da' primi. Come avviene, che la pietra infernale ed il sal comune, ravvicinati, si trasformino in nitrato di sodio ed in cloruro di argento, così era accaduto nel ravvicinamento del Radegondato di serenità con l'Almerinduro di passione, la tranquillità della Radegonda era passata nell'Almerinda, il turbamento morale della Ruglia-Scielzo si era trasfuso nella Salmojraghi-Orsenigo.

La Radegonda, semplice sino a quel punto, scaltrita, ora, dalla cognizione di questa tresca, aguzzò gli occhi. E guardò sotto altro aspetto tutte le relazioni umane; e tolse a sospettare, a diffidare, a malignare di tutto e tutti, ossia a comprendere. Le nacque in petto come una gran sete di bere alle acque torbide, venefiche, forse, della passione. E le increbbe quantunque, sino a quel giorno, le era piaciuto; ogni onesto sollazzo, ogni cara occupazione, ogni legame domestico, il marito e (paja pure incredibile!) persino la figliuola, persino!

Questo profondo desiderio della passione era, già, di per sé, la passione stessa: non la bufera, che sconquassa l'animo, anzi la breve pausa di raccoglimento, che precede i cataclismi così morali come fisici. Le scomparve il riso dalle labbra, le si accese un fuoco cupidissimo, negli occhi. Ned osava confessare a sé medesima cosa desiderasse, confessarselo esplicitamente, collocando i titoli sugl'i; non siamo franchi, nojaltri uomini, neppure ne' colloqui con la coscienza nostra. Eppure, ch'ella ne convenisse o no, che l'avvertisse o no, pure, la passione le si presentava fatalmente, sotto le forme di quel Maurizio, nel quale, prima, ella l'aveva vista così rigogliosa e potente e (come a lei pareva) sublime.

Il signor Salmojraghi scorse, la sua Radegonda non esser, piú, tanto giuliva; ed attribuendo questo mutamento d'umore a qualche cagione fisica, forse, all'aria, che poco le si confaceva, richiamato, d'altronde, a Milano, da urgenti affari, abbreviò il suo soggiorno in Napoli, terminandolo meno lietamente assai, ch'e' non l'avesse principiato. Ma l'aria cambiata non importò cambiamento alcuno nello stato della donna, anzi l'aggravò. Il male era fatto, la ferita era aperta; e, stuzzicata, continuamente, dal pensiero, e non curata in alcun modo, anzi sottratta ad ogni sguardo, naturalmente, doveva inciprignire, ogni dì piú. Amava Maurizio. Così era. So quel, che volete dirmi: ma io debbo narrare e non giudicare: per quanto questo amore fosse assurdo, sconveniente, lo amava.

E Maurizio? Pensava tanto a lei, quanto io penso alla moglie dell'Imperiere di Russia. Maurizio perseverava nell'amar l'Almerinda, sebbene, rendiamogli, pure, questa giustizia, persuaso e convinto delle ragioni, che l'avevano spinta a rompere, non si permettesse nessun tentativo per riappiccare la tresca, non avesse alcuna insistenza di cattivo gusto, non facesse un atto, non si lasciasse sfuggire una parola, tale da comprometterla. Quel giovane aveva, ancora, del buono: d'una bassezza non era capace. Occasioni di rivedere la Ruglia-Scielzo mancarono con la partenza degli ospiti milanesi, perché la persuase il marito a chiedere un congedo e ritirarsi, per qualche tempo, in villeggiatura, protestando di aver bisogno dell'aria di campagna. Il commendatore acconsentì, quantunque gli costasse di rinunziare a' suoi quotidiani sonnerelli nella poltrona da magistrato; ma gli sarebbe costato, anche piú, l'opporsi ad una volontà della moglie. E, poi, di poltrone se ne trovano dappertutto, sebbene non dovunque si abbia il grato mormorio, gli scrosci ed i sibili dell'eloquenza forense per cullare i sonni! Lì, fra la pace campestre, l'Almerinda tutta riacquistò la pace interna, e tutte dimenticò le miserie della vita; e divenne quel, che aveva, sempre, ambito di essere, la madre-famiglia austera, l'operosa massaja, esclusivamente dedita alla casa ed a' figliuoli e non curante d'ogni cosa al mondo, che non si riferisca a queste.

Maurizio, frattanto, o fiacchezza d'animo o robustezza della passione concetta, Maurizio non c'era verso, che la scordasse, alcuno. Il cuore, la fantasia avevan preso la cattiva abitudine di affaccendarsi con l'Almerinda; e non c'era via da risanare di cotesta Almerindite cronica. Sforzi per emanciparsi da tanta servitú del pensiero, oh ne fece; ma non gli valsero. Si appigliò agli eccessi d'ogni genere, ché un diavolo caccia l'altro; ma gli fu piú facile perdere la stima ed il rispetto di sé stesso, che la memoria della sua donna. Anzi, quante piú scapestrataggini faceva per dimenticarsene, tanto piú gli era necessario di rimpiangere quell'amore, che aveva ritratta e preservata parte della sua gioventú da queste turpitudini. Ahimè! qual gusto può ritrovarsi nelle crapule e nella dissipazione, quando s'è una volta avvezzi all'amore? Chi trangugerà, con diletto, la volgare grappa, dopo delibata la sopraffina anaci di Bordella ed altrettali stomatici? Così visse, o meglio, trascinò la vita, per mesi parecchi. La campagna contro l'Austria del mille ottocensessantasei sopravvenne, promettendo a lui, come a tante altre anime inquiete, pace, o nella morte onorata del soldato o nella coscienza d'aver bene adempito al proprio dovere.

IX

Che Maurizio compiesse il dover suo, gli antecedenti del giovane ne mallevano. Ed, anche, in certo modo, la promozione, toccàtagli nell'Ordine Militare di Savoja; benché gli abusi sconci e la prodigalità, nel conferirlo, abbiano, un po' svigorito il prestigio, con cui affascinava, e la venerazione, che suscitava quel bel nastro. Bisogna, però sempre, distinguere fra esercito e corpo Volontari: nel primo, ricompense mal date furono eccezioni singolari; e, precisamente, l'opposto accadde, nel secondo. Non parlo di una ferituzza, perché la ferita (quantunque un verseggiatore l'abbia chiamata

.....l'altière faveur,

Que fait la guerre au brave illustre, au preux sauveur,)

spesso, scende, immeritevolmente, nel vigliacco, trascurando il prode arrischiato. Anch'esse le sciabolate, le lanciate, le rivoltellate, le fucilate, le schegge di mitraglia si distribuiscono, dalla Provvidenza, un po', a casaccio, come le decorazioni. O lagnatevi, poi, degli spropositi d'un Ministrucolo, sforzato dalla indebita ingerenza di poco onorevoli deputati!...

Dopo la guerra, fioccarono le aspettative, per riduzione di corpo. S'era chiesto, a ciascun ufficiale, se desiderasse d'andare a casa, per due anni, con mezzo stipendio e senza perdita dell'anzianità. Il Della-Morte rispose, che sì. E stava, a Milano, col reggimento, aspettando questa benedetta aspettativa e la licenza, d'imprendere un lungo viaggio all'estero, chi sa gli giovasse, per guarire dell'ostinata almerindite. Quando, un pomeriggio, ch'egli passeggiava, per la Corsia (o, come, officialmente, lo chiamano, ora, pel Corso Vittorio Emanuele), si trovò, proprio di fronte alla signora Radegonda Salmojraghi-Orsenigo, che sboccava dalla via di San Pietro all'Orto. Certo, ch'egli avrebbe voluto, solo, tutt'al piú, sberrettarsele, alla sfuggita: la vista di colei, che gli era stato angelo di sventura, che lo avea scorto piangere e soffrire, lascio immaginare quanto il rallegrasse!

Ma la gentile non sofferse, ch'egli passasse oltre. Anzi, il fermò, arditamente; ed i rimproveri grandinarono! Trattenersi, da un mese, in Milano, senza essere stato a visitarla!

«Vi ho aspettato, tutti questi giorni, dacché i giornali mi annunziarono l'arrivo del Reggimento. Spero, che non mi disconoscerete o rifiuterete per amica, neh? Stasera, sarò, in casa, tutta la serata...»

Dal *Lei* compassato, che, solo, avevano adoperato a Napoli, saltava, così, di botto, al *Voi* confidenziale. Maurizio cosa poteva fare, se non domandarle il permesso di venirne, la sera stessa, a chiederle scusa, per non aver potuto ossequiarla, prima, oppresso da tanti affari? Il permesso gli fu accordato. Ed egli, imprecando, in cuor suo, al caso impertinente, che gli aveva fatto dar di naso, proprio, in quella pettegola, imprecando all'obbligo, in cui si trovava, d'approfittare del permesso, per non parer villano, si accommiatò dalla signora, sotto pretesto del rapporto, cui non poteva mancare. Era la solita scusa sua, per liberarsi da' rompitasche: anche, a mezzanotte, quando voleva piantar lì qualcuno, metteva innanzi il rapporto!

Se, mai, vi fu schietta gioja e casta, fu il giubilo della Radegonda, in quel vespro! Oh, da lungo tempo, ormai, si era capita! Oh sapeva, sapeva di amar Maurizio d'un amore..., da disgradarne lo affetto, ch'egli aveva provato per l'Almerinda. Ma non pensava, che egli od altri potesse, mai, accorgersi di tanta insania; non andava, neppure, a fantasticare d'una soddisfazione qualunque; non considerava, che, a scherzar col fuoco, corri gran pericolo d'abbruciacchiarti le mani... no! Sapeva, sol, questo: *di amarlo; e che lo avrebbe rivisto*. Rivisto lui, che amava; lui, che aveva pericolato a Custoza; lui, ferito; lui, fregiato, ora, piú riccamente, il petto, per nuovi atti di virtú. *L'avrebbe rivisto, la sera; e parlerebbe, seco, a lungo*. E si trattava di cancellare la impressione funesta del colloquio di Napoli, così che, dopo, fosse, spesso, indotto in tentazione di tornar da lei. Bisognava civettare, un po': ma con naturalezza; e dimostrargli, ben bene, il rimpianto del male inflittogli, senza toccar, mai, reminiscenze, ahi! ahi! che, guai a ravvivarle. E tutto questo, per la Radegonda, era senza secondi pensieri o secondi fini. Lo amava e desiderava vederlo: ecco tutto il tutto, tutto l'arcitutto, non altro. Il solo vederselo innanzi, le colmerebbe l'animo di tranquillità, di pace. Avrebbe consentito, anche, a non parlargli punto, pur di tenerselo vicino, là, nel suo salotto. Avess'egli, anche, chiacchierato, l'intera serata, non con lei, anzi col marito, anzi con una visita, importunamente sopravvenuta, sarebbe stato, pur sempre, una consolazione grande. Non che concepire alcun desiderio villano, non accoglieva, allora, neppur quello di accaparrare, esclusivamente per sé, un giovanotto brillante, per una serata intiera: chiedeva, solo, di poterne udir la voce, di poterlo guardare, talvolta di soppiatto. O ch'era troppo? Io nol direi. Ma, ma, ma... l'appetito viene, mangiando. Guglielmo di Prussia *che non voleva arricchirsi, con la roba altrui*, quando il Bismarck gli ebbe fatto gustare le spoglie della Danimarca, che fame canina cacciò fuori, l'amico! Mamma mia!

Se, mai, uomo bestemmiò, dal profondo del cuore, Dio, la Madonna e' santi e' morti; e profferì, sdegnosamente, l'improba esclamazione, che sembrava, all'Alfieri, *in tutto femminil querela*: fu, certamente, Maurizio, in quel pomeriggio lì. Nessun incontro avrebbe meno desiderato; nessuna vista poteva tornargli piú esosa. «Giusto, costei m'aveva a capitar tra' piedi!» Oh, intendiamoci! Faccian conto, che, ad ogn'inciso, egli attaccasse un moccolo od accodasse una parolaccia. Io, queste amenità, queste interjezioni, questi fregi della orazione, per centomila bonissime ragioni, non le registro: anzi, attenuo quante espressioni riferisco. Sennò, che si direbbe? Suppliscan le Eccellenze de' miei pratici lettori; ristabiliscan Loro il testo schietto del monologo, ch'io mutilo, mitigo. «Sissignore, amica! Poffareddina, la mi si protesta amica! La mi si protesta amica, corbezzoli! Io mi credeva, che il vocabolo non potesse profanarsi piú di quel, che, ogni giorno, si faccia, prostituendolo ad incogniti, ad indegni. Ma, Dio sagrato! la ci vuol tutta, per grugnire ad uno, in faccia: *ti sono amica*, dopo avermi fatto ciò, che questa Lombarda de' miei stivali m'ha fatto. Doveva venir da Milano, a correggere i costumi delle Napoletane, pinzocheraccia, doveva! Con quella smania focosa...» Io scrivo *focosa*; ma Maurizio non adoperò questo epiteto, anzi un improbo participio, che comincia, esso pure per effe, o fo.

«Con quella smania... di moralizzare, poteva starsi a predicare, nel su' paese, che, pare, a quanto dicono, che ci sarebbe molto a fare. E questo porco sigaraccio, che non vuol fumare, manco esso! Vatti a far... benedire, tu e lei!»

Ohé! veggano, io scrivo *benedire*, per antifrasi, ma Maurizio adoperò tutt'altro un verbo! L'infinito del participio, che non m'è bastato, testé, l'animo di scrivere! E, buttando via, dispettoso, il sigaro, (che gli s'era spento, mentre cinguettava con la Salmojraghi; e che non gli riusciva di riaccendere, per quanti fulminanti adoperasse, perché, invece di aspirare il fumo, mordacchiava, amaramente, il mozzicone), entrò da un tabaccajo, per rifornirsene. Altra miseria! Non aveva bronzo; ed il piú piccolo biglietto suo era una delle marche-da-bollo da quindici lire, che ebber corso forzoso, in quel tempo. Il rivenditore si negò a cambiarlo per un sigaro ed, anche, per cinque; ed il cambiò solo, mormorando, quando Maurizio si rassegnò a prendere un cinque lire di *trabucos*.

Nuova cagione, questa, d'indispettirsi; e di proseguire il soliloquio, anche piú rabbiosamente di prima, esordendo, col solito participio (stavolta, al superlativo): «...issimo paese! Dicono: *a Napoli, c'è la camorra*. E qua, domando io, cosa c'è? Peggio. Anch'esse, le femmine, se ne immischiano. Chi la pregava questa, come si chiama? questa madama Salamoja-ed-aghi, di venirmi a metter su l'Almerinda? Matta, sempre, co' suoi scrupoli, quella lì era. Ma, con tutti gli scrupoli, me la godrei, ancora. Non avrebbe osato, mai, ribellarsi alla autorità mia, senza la dottoressa. Quacchera o Squacchera, qua, di Milano. L'Almerinda le facevo soggezione; e, poi, sapeva quanto io l'amassi, davvero. Io la conosco debole, arrendevole, misericordiosa; e non avrebbe mai resistito, allo spettacolo delle lagrime, del dolor mio. Ma, la gesuitessa s'incarica lei! s'inframmette lei! Mi fa la ruffiana alla rovescia! E l'avesse lasciata d'un passo, poi! Sempre, lì! sempre, gli occhi fissi addosso a me, chi sa, avessi ardito d'accostarmi alla Ruglia! E quegl'imbecilloni degli Scielzo, che rni mettevano, giunta, in burla: *La è innamorata di te!* Innamorata di questo... Sì! aspetta, ch'io venga stasera! Aspetta, aspé! Hai voglia d'aspettare! Il corbo! Mo, vorrà convertirmi, anche me; ricondurre questa pecora smarrita, sul buon sentiero! Cara la pastorella! Uuuh! non ci vo di certo, non ci vo!»

Ma il fumo profumato del narcotico avanese calmava, a poco a poco, i nervi sopreccitati; e spingeva a piú miti consigli: «Pettegola, sì; ma non la credo, al postutto, cattiva. Smania ridicola di far la moralista; ma, in fondo, buon cuore. Le lacrime, che ha piante, meco, eran sincere. Le parole, che mi balbettava, nella mia stanzetta, eran fredde, compassate, increscevoli: ma la voce, pietosa, commossa. No, non era finzione! Con me, le finzioni muliebri riescon poco; sono volpe vecchia, io. Si vedeva proprio, il rincrescimento d'aver tolto quell'assunto. E, adesso, chi sa, cosa voglia dirmi? Chi sa, che la non abbia qualche incarico della Ruglia? Perché no? E, se non direttamente, così, di sbieco, vorrà, dovrà insinuarmi qualcosa, oh il giurerei. Bella donna! non sono le forme giunonie, scultorie dell'Almerinda; ma è *distinta* assai. Sembra malata, poveraccia: piú pallida e piú mingherlina che a Napoli, è, di certo, adesso. Anche lei, ci avrà i suoi guai. E ci sarebbe da scommettere, che, se fa la traffichina e mette il becco in molle e vuol rimestolare affari, che, a lei, punto non le appartengono, è, in massima parte, perché, in casa, le mancherà contentezza. Colpa del marito? Incontentabilità sua? Vattel'a pesca; ed a me non importa, un fico. Ad ogni modo, andiamoci, conviene! Avrà narrato dell'incontro a quel babbuassaccio del banchiere; mi aspetteranno. Parrebbe villania. Vogliamo sperare, che non mi scarichi un predicozzo, a bruciapelo, sulla mia condotta scapestrata e poco timorata di Dio. E, se ci capito da lei una seconda volta, consento a sentirlo ed, anche a profittarne!... Ma guarda, un po', che *bej tosânn!*»

Queste ultime due parolette ambrosiane, profferite ad alta voce, fur dirette a due crestaine o sartine o modelle od altro, che si fossero, che gironzavano, in piazza del Duomo. Risposero, con una occhiatella, tutt'altro che austera. Il Della-Morte infatuato, a seguirle. E le raggiunse e le abbordò, in via de' Rastrelli; e cominciarono a chiacchierare, e... Ciò, che accadde, non saprei narrarlo, per lo minuto: ché non m'invitarono a salire, con loro, nella casa, in cui entrarono, un pajo di strade piú in là.

«Chi? chi entrarono insieme?»

Chi,? Maurizio ed una delle belle tose.

«Oh, che orrore! Come, lui, che ci vorrebbe far credere tanto preoccupato, sempre, dell'Almerinda?»

Ebbene, cosa fa? Appunto, perché, amava e soffriva, merita, forse, indulgenza maggiore, se cercava distrarsi: circostanza attenuante! E poi quel benedetto incontro gli aveva fatto salire il sangue alla via del capo: non sapeva, proprio, piú, quel, ch'egli si facesse. Non era *compos sui*! E la ragazza, con cui salì, l'era tanto bellina! Forza irresistibile !

«E ce le viene a raccontare, queste sue belle gesta? E lo loda?»

Io? Dio me ne liberi! Io sono istorico: narro, non giudico; lascio questa cura a Lei Signorìa.

«E come si chiamava colei?»

Anche questo ho a dirle? Si chiamava l'Ermenegilda Trabattoni.

«Ed abitava, propriamente, dove?»

Beh! che mestiere crede, V. S., ch'io faccia? E, poi, dopo tanto tempo e con quel sossopra, che c'è stato a Milano, l'Ermenegilda è morta, la casa è diroccata, la strada stessa è sparita.

«E l'altra bella tosa?»

Niente paura; avrà trovato qualche altro Maurizio da consolare, non c'è dubbio! La Provvidenza pensa al pane quotidiano di tutti! Gli uomini, che gradiscono d'essere consolati, a quel modo lì, sono tanti, tanti! E così pochi i seguaci de' precetti del distico bisticcioso:

Quid facies, facies Veneris cum veneris ante?

Ne sedeas, sed eas, ne pereas per eas!

X

Non c'è cosa, che piú renda buoni del piacere. Il senso, rintuzzato appagandolo, (ch'è l'ottimo modo di rintuzzarlo, secondo quel porcellon di Panurgo), lascia, assolutamente, libero lo spirito; nol limita, nol perturba, piú. Sì ch'ei rimane scevro, immune, rimondo, purgato d'ogni rozzezza, d'ogni bassezza. Dev'essere, davvero, essenzialmente, malvagio colui, che, svincolandosi dagli amplessi d'una bella femmina, che, pago e riposato, può disprezzare le supplicazioni del mendico, può rifiutare una qualunque richiesta dello amico, che sia in poter suo il soddisfare. Allora, si acquista, nella conversazione, quell'arrendevolezza, quella indifferenza per le opinioni stesse, che abbiamo accampate, quella squisitezza di galateo, le quali provengono, appunto, dal non voler contristare altri, in guisa alcuna, dall'esser tanto soddisfatti, altronde, ch'e' non si sente il bisogno d'un meschino trionfuccio d'amor proprio.

In questa felice disposizione d'animo, era il Della-Morte, quando lasciò la Trabattoni. Dalle braccia dell'Ermenegilda, che eran come la misericordia dell'Onnipotente, si recò, difilato, nel tinello dell'Albergo suo. Ed il pranzo fu squisito; ed (in confidenza) il Della-Morte alzò, un pochino, il gomito.

Anch'esso, il vino, rende amabili sgombrando le preoccupazioni; ma non tutti. L'effetto dipende, in gran parte, dall'indole di chi beve: diversissimo, secondo le persone. Conosco tali, che ammelancoliscono, cioncando: allungano il muso, ammutoliscono, si concentrano e si astraggono dal mondo. Se li interroghi: o non rispondono o, torvamente, una parola. Stanno rincantucciati, come la chioccia, accovacciata sulle uova; si raggomitolano, come le chiocciole, ringusciandosi. E questi sono, generalmente, gli uomini piú robusti, sanguigni, che sembrerebbero dover meglio sopportare il vino: cosa godano ad inebetirsi, non comprendo. Bisogna lasciarli fare e noncurarli: tanto, non dànno noja, a chicchessia. Altri beoni si scaldano, si rinzelano, si stizziscono, s'incolleriscono, divengono accattabrighe, alzan la voce, battono il pugno chiuso sul tavolo, pretendono, ad ogni modo, di aver ragione; e, di parola in parola, di gesto in gesto, trascorrerebbero a' peggio eccessi, se non fosse la prudenza di chi sta intorno e li considera per frenetici ed irresponsabili, per quel, che sono, cioè: ubbriachi fradici. In altri, finalmente, i bicchieri moltiplicati svolgon tutte le buone parti dell'animo e della mente; spogliandoli di quella roccia, aspra e callosa, formatasi, ne' continui contatti ed urti spiacevoli, col mondo esterno. Da Machiavellici e Benthamiani, li trasforma in filantropini; snoda la lingua impacciata e ritrosa; fa dimenticare le gravi e giuste ragioni di rammarico pertinace; li rende concilianti, arrendevoli, scansabrighe. Quando, anche, in un salotto, la brigata si accorga, dall'insolito calore, che un di costoro mette ne' discorsi, aver egli sconfinato dalla temperanza, nessuno gliene sa voler male, perché ridonda a vantaggio comune. Anzi, verrebbe voglia, di consigliarlo ad avvinazzarsi, regolarmente, puntualmente, prima di recarsi nelle conversazioni: nell'interesse proprio, ché vi brillerà, facendo miglior figura, e nell'interesse, anche, della società, che avrà maggior gusto dal suo intervento. Il Della-Morte, da che avea rotto con l'Almerinda, apparteneva a questa terza classe di bevitori. Era di quelli, che, in coscienza, dovrebbero inebbriarsi, ogni giorno, sennò rompono gli stivali, sono di malumore ed uggiscono; brillantissimi, invece, dopo la terza bottiglia.

Dunque, in queste ottime disposizioni, il nostro Maurizio chiese, al portinajo del numero ventisette, in Via Fate-bene-fratelli, della signora Radegonda Salmojraghi-Orsenigo. Lei riceveva: il marito era uscito.

Chiacchierarono, a lungo, soli, indisturbati; e si piacquero a vicenda. Si videro, mutuamente, sotto l'aspetto piú favorevole. Da mesi, entrambi stavano tenendo il broncio all'universo mondo, entrambi si chiudevano in sé: e quella serata, in cui provavano (e l'uno e l'altra) un certo benessere, per ragioni tanto diverse, in cui erano ilari tutt'e due e si sforzavano di mostrarsi bene e comparire, fu, quasi, una primavera del loro spirito. La sollecitudine, che la Radegonda palesava, per lui; il rincrescimento d'averlo contristato, una volta, che trapelava, da ogni sua parola, senza che il dicesse, per disadattaggine, esplicitamente, mai; la pallida bellezza di lei: non isfuggirono, non potevano isfuggire all'occhio di Maurizio, non potevano non commuoverlo a gratitudine e non cancellare l'antipatia preconcetta, il pregiudizio, che gliela faceva stimare una pedantessa ficcanaso. Dal canto suo, la Salmojraghi-Orsenigo, dal brio, dalla galanteria del giovane, dovette arguire, (stortamente, ma comprensibilissimamente,) che l'immagine, ormai impallidita, dell'Almerinda, s'avesse a potergliela, con facilità, cancellar del tutto ed eradere dal cuore. E questo convincimento, sorgendole nell'animo, ad un tratto, o, per dir meglio, balenandole alla mente, senza che sel confessasse neppure, le diè, ad un tratto, una baldanza provocatrice incantevole.

Di che parlarono? Ah, Dio benedetto! mi si chiegga, piuttosto, di che non parlassero, quale argomento non toccassero, ne' loro discorsi. Stettero, tre ore, senza, mai, chiuder bocca: l'uno, con volubilità meridionale; l'altra, con volubilità femminile. Si calcoli il massimo de' suoni, che una gola umana può articolare, in un minuto secondo; e, poi, si faccia il ragguaglio di ciò, che avranno potuto squittire, in tre ore, pari a centottanta minuti, pari a diecimila ed ottocento secondi! Se non erro, l'Italiano, che piú velocemente parla, giunge ad emetter dugentotrenta parole, al minuto: in tre ore sarebbero quarantunmila e quattrocento parole. Ma, noi, bisogna, inoltre, tener conto, che, spesso, parlarono a due, insieme, nel contempo. Pure, ho torto, nel parlare di volubilità meridionale; nojaltri napoletani abbiamo la smania, di calunniar, sempre, le povere provincie nostre! Il Napoletano schiamazza sì, parla a voce vieppiú alta degli altri provinciali d'Italia; ma è, infinitamente, meno chiacchierone de' Veneti e de' Toscani. Lo stesso parlare piú forte, emettendo piú fiato, l'obbliga a parlar meno tempo, il costringe a pronunziare un numero minor di parole al minuto; ha piú strascico e manco sillabe accentate e spiccate. Ma, quando un toscano e, massime, una toscana, comincia a ciarlare, nel suo vernacolo, o che dia l'andare al truogolo, o che dica le piú garbate cose ed affettuose, misericordia! nojaltri sembriamo piú taciturni d'un piemontese. Avviliti e sopraffatti, chiniamo il capo; ed aspettiamo, che la inondazione si ritiri, come que' poveri salici e pioppi, che ho visto, ne' terreni allagati dal Po, emergere, in mezzo ad una pianura di acqua.

Parlarono dell'*Affare Clémenceau*, romanzo di Alessandro Dumas juniore. Novità letteraria, che la Radegonda aveva, in originale, sul tavolinetto; e che un'effemeride milanese pubblicava, in Italiano, nella piú strampalata versione del mondo, rendendo «*bergèronnette*» per *contadinotta*, «*vieux bouquins*» per *vecchi bocchini* ed altrettali amenità. La Radegonda protestava di non intendersene; ma il libro le parea falso, impossibile il carattere della protagonista. Maurizio, invece, lo affermava: «Brutalmente, fotografato, dal vero». Si sbilanciò ad asserir, che, forse, in ogni donna contemporanea (e passata e futura) ci è (e c'è stata e ci sarà) un po' di quella avara impudicizia, di quella sete di ricchezze non faticate e di voluttà senza fine, di quella spregiudicatezza riguardo alle relazioni sessuali. La castità essere, ormai, l'anomalia; e, quasi, frutto d'una depravazione di mente; effetto della stanchezza della fantasia, la quale si disgusta dal naturalmente desiderabile, per sazietà, o che il trascura, per illaudabile ignoranza. Noti il lettore, per carità, ch'io, fedelmente, riferisco le opinioni e le teoriche di un capitano di cavalleria, ebbro e pien di rovello, perché l'amante l'ha piantato; non parlo, mica, in nome mio proprio.

Il tema era lubrico e penoso. E la Radegonda fece una evoluzione maestrevole. E chiese: da quanto il Della-Morte fosse a Milano, propriamente? Quindi, si venne a parlare della breve campagna; di quella Custoza, per la seconda volta fatale; dell'obbrobrio di Lissa... Lubrico e penoso tema, anch'esso. «Se avessi una figliuola, io» disse Maurizio «vorrei metterle nome Lissa-Custoza, acciò mi rinnovasse, ogni giorno, il dolore salutare di quegli abbattimenti; e mi ricordasse, poi, quando, pur, fossero vendicati e cancellati da vittorie, che il debito è stato sciolto. Il cognome mio è funebre tanto, da non temere il ravvicinamento di que' prenomi».

Ed intavolarono una lunga discussione, su' cognomi, su' patronimici; sulle somiglianze, che hanno per tutta l'Italia; sopra quelli assolutamente locali; se questi ultimi siano da riferirsi alle popolazioni aborigene, anteriori alla conquista romana? Non arricciate il naso, filologi: se questa vi pare ed è una eresia, pensate, che discorrevano un capitano di cavalleria e la mogliera d'un banchiere. In fatto di etimologie, Maurizio convenne, di non poter dire mezza parola assennata, perché ignorantissimo della lingua latina, che, pure, aveva studiacchiata da ragazzo. «Se fossi tanto pentito di vivere» diss'egli «quanto son pentito, di aver istudiato latino, per otto anni, mi sarei ammazzato da un pezzo. A che serve, a che giova quella lingua lì? Uno, che non avesse da far nulla per tutta la vita, può sciupare il tempo in questi studi di lusso: ma chi ha da lavorare!...» Ohé! di queste amenità del capitano, intendiamoci, sono editore sì, ma, sempre, irresponsabile.

Alla signora, sarebbe stato caro sapere: «L'etimologia di Salmojraghi quale potrebbe essere?»

E Maurizio, zitto, stringendosi nelle spalle: né mentovò la bisticciosa, che aveva ritrovata, poco prima: *salamoja ed aghi.*

«Il mio cognome di fanciulla è piú bello assai; e mi piace piú: *Orsenigo!* Quello di mio marito è brutto!» disse la Radegonda.

Poi, si parlò del Duomo, di Sant'Ambrogio, della Scala, della Galleria in costruzione, de' Giardini pubblici, di Milano, in genere... Che! lettore, sbadiglia? Si aspettava altri discorsi, piú interessanti (come dicono), via, piú attraenti? Ma o che crede tutte le conversazioni esser d'un interesse grandissimo, attraentissime? O che si figura, un uomo ed una donna, appena insieme (e foss'anche la prima e la seconda volta, sola; ed, anche, co' precedenti, corsi fra Maurizio e la Radegonda), venir subito a ragionamento di amore; e lui, paffete! subito tentare; e lei, puffete! immantinenti cedere? Pazienza, pazienza! Col tempo e con la paglia, maturano le nespole; l'albero, al primo colpo, non si atterra; Roma non fu fatta, in un dì.

Certo è, che Maurizio, (il quale s'era proposto: di fare una visitina di quindici minuti, al piú al piú! e di non ripeterla, mai!) rimase, come dicevamo, tre buone ore, dalla Radegonda: e prese il cappello, sol, perché l'orologio a pendolo lo avvertì esser prossima la mezzanotte. Chiese licenza di tornare. E (ben inteso) non incontrò difficoltà ad impetrarlo; anzi, fu pregato di non indugiar, molto, la seconda visita. Allora, Maurizio si accese d'un desiderio ardentissimo di rivedere il signore Salmojraghi: *il suo buon Gabrio*; ed avendogli la signora assicurato, che, il domani, e' rimarrebbe, gran parte della serata, in casa: «Ed Ella mi scuserebbe, se tornassi domani?»

«Anzi, Ve ne sarei riconoscentissima. Purché non vi annojate troppo?»

«Accanto a Lei? sarebbe impossibile».

«Oh se ci mettiamo su' complimenti?...»

«Se chiamiamo complimenti le verità limpide, schiette e pure!..»

«Basta, sempre, che tornerete, mi farete onore e piacere. Sia detto, una volta, per tutte».

XI

Quella notte, la Radegonda riposò tranquillissima; e, la dimane, si svegliò allegra, come un fringuello. Ed abbigliandosi e pettinandosi, con la cameriera; e, quindi, a colezione, col Salmojraghi e con la Clotilduccia sfringuellò, sfringuellò, ch'era un gusto a sentirla.

Ottenne, dal marito, ch'e' lascerebbe una carta di visita al capitano, nell'andare alla borsa; ed uscì e passeggiò, a lungo, sotto colore di condurre a spasso la bimba, ma, per non vi dir bugia, nella speranza unica d'incontrare Maurizio.

Il qual Maurizio, passata quella ilarità fittizia, mero effetto del vino, ricaduto nella ipocondria solita, chi sa, s'e' si sarebbe rammentato, neppure, di tornar, dalla Salmoiraghi! Ma gliel consegnarono, i camerieri dell'Albergo, quel biglietto di visita del suo buon Gabrio, finita la tavola rotonda. Pioveva a catinelle! Nessuno spettacolo attraente era annunziato, per la sera. E non sapeva dove altro cascar morto; e preferì acculattare una poltrona, in casa di lei, allo scaldare il canapè d'un caffè. Così, prese il vezzo d'andar, ogni giorno, in via Fate-benefratelli. Eh, si sa! Piace a tutti, piace a' mici, piace a' micci l'esser lisciati, grattati, accarezzati e non piacerebbe ad un uomo? Massime, poi, quando la lisciatrice, la grattatrice è donna? e donna leggiadra, giovane, patita: un boccone ghiotto e prelibato? Quando si può parlare, con lei, di cose, che si negherebbero a tutti gli altri? quando si ha un segreto comune? Chi fosse di gesso! Ma come potrebbe darsi, che un capitanaccio di cavalleria Italiano, rinnovasse le ritrosie del casto Giuseppe e d'Ermafrodito verso la Putifarre o la Salmace? che s'arretrasse da chi gli dice o dà ad intendere: «Io t'amo, *e son disposta esser tua ferma preda*» per adoperare un bel verso di Baldassarre Olimpio degli Alessandri da Sassoferrato, poetucolo del cinquecento, che Vossignoria, lettore, non avrà, mai, inteso nominare, ch'io creda.

La Radegonda, se non gliel disse, gliel diede ad intendere. Lo amava, davvero davvero, oltre ogni dire. E quel riveder Maurizio e quel trattar Maurizio, onde male avea sperato appagamento del desiderio suo, valeva, solo, a rinfocolarlo ed attizzarlo, come ogni altra piú maliziosa avrebbe saputo o sospettato, da prima. Il Della-Morte non era sprovvisto di mancanze, di mende, di difetti, di tare; non era, certo, uomo di gran levatura; l'ingegno suo non aveva altra bellezza, se non quella dell'asino e del diavolo. Ma, di questo, l'accecata giovane, non si accorgeva; ned è, al postutto, l'ingegno ciò, che una donna vagheggia o cerca, nell'amante. In fondo all'ideale femminile, ci è, sempre, un po' del facchino. E poiché i costumi, le consuetudini, il decoro, le fisime rendono impossibile l'innamorarsi de' facchini propriamente detti, che stanno alle cantonate; poiché fan sì, che una signora ammodo non possa pensare a gettar le braccia al collo del camallo e del bazzariota: chi negherà, che un giovanotto, cavallerizzo, napolitano, alto sei in sette palmi, spalle quadrate, petto sporgente, fianchi sgaggiati, muscoli di ferro, tendini, che pajon funi, non sia, fra' gentiluomini ed i signoroni, quello, che piú s'avvicina al facchino? Aggiungi: le femmine han cari gli uomini capaci di grandi e forti passioni; e tale la Radegonda stimava Maurizio. Scambiava, per saldezza e perseveranza dell'animo di lui, ciò, che, al fondo, era, semplicemente, fiacchezza: quel non sapersi liberare dal molesto pensiero dell'Almerinda, quel non saper fare punto e basta, prefiggendosi uno scopo degno. La Radegonda custodia, ancora, quel carteggio (ehm! ehm!) che le due parti le avevano consegnato, per distruggerlo col fuoco. *Le style c'est l'homme*, pensava essa, credendo ripetere una frase del Buffon, che ha detto, invece, e meglio: *Le style est l'homme même*. Indi, aveva attinto il suo concetto di amore. Sentirsene ripetere le parole ardenti, suscitare quelle vampe di desiderio, essere tentata in quel modo li, ecco il suo sogno. E, naturalmente, non valeva ad immaginar quelle parole, que' desideri, se non nella bocca, nell'animo di colui, dove sapeva, che erano suti. Poi, le donne hanno la smania di consolar gli afflitti, e provviste inesauribili di carità da profondere, a destra ed a sinistra, come un fiume profonde le acque agli assetati, senza sentirsene diminuito! Ecco, quest'uomo, così abbattuto, scorato, mesto, farlo rivivere, allietarlo, rianimarlo, colmarlo d'ogni piacere, appagarne tutti i voti, suscitargliene de' nuovi, per, quindi, soddisfarli, anche: non è, forse, generoso e bello? Quando, poi, si è contribuito ad infelicitare uno, quando si è stato lo strumento fatale, che gli ha tolto ogni pace, è riparazione doverosa, che diamine! Finalmente (scendiamo, proprio, nell'ultimo strato dell'anima della Salmojraghi) finalmente, se l'Almerinda era bella di un dato genere di bellezza, grossolana, materiale, sangue e ciccia, lei Radegonda, al postutto, non era da disprezzare, non era niente di meno; anzi poteva, ragionevolmente, pretender di essere piú vaga. O non sarebbe giusta soddisfazione di amor proprio legittimo, il vedersi apprezzata, da chi, prima, tutto assorto in quell'altra, sembrava non aver occhi per lei? il vedersene, anzi, preferita? il cancellare l'immagine precedente e sostituirvi la propria?

Ed il signor Salmojraghi? Lui? Eh eh, va bene, la capiva, che, se gli accadesse di risaper qualcosa, s'indispettirebbe, butterebbe fuoco e fiamma! Ma, o che i doveri non cominciano da noi stessi? *Prima, il dente; e poi, il parente.* Che la Radegonda amasse Maurizio, era un fatto, là, innegabilissimo: e deperiva e si struggeva, per questo amore infelice. Lascerebbesi morire? Non cercherebbe procacciarsi quanto, pure, via, senza vanità, poteva supporre non essere per tornarle difficiletto, cioè, di farsi riamare? Perché, poi? Insomma, era giovane; era stata arcifedelissima, per anni, al marito: ned, ora, la movevan proposti villani, ma cura della propria salvezza, ma il debito di conservarsi alla figliuola. Scender nella tomba, brrrr! e prematuramente scendervi e scioccamente? A quale oggetto? Che gioverebbe a Gabrio la sua morte? Oh no, no! E, poniamo, che sia colpa. Ebbene? Ella voleva, pur, conoscere, un po', le quinte della vita: sapere, per pruova, che sia passione, voluttà, rimorso, dubbio, paura, vergogna, tutto, tutto ciò, che s'incontra e che può incontrare, a chi s'arrischia per mari burrascosi! Nulla ora, le piaceva piú! Non ne aveva gusto, dai piú ricchi giojelli, che il marito le comperava, ostentabili; ma quanto avrebbe trionfato di un solo, misero anelletto d'oro, d'un modesto cerchiellino, infilzatole, di soppiatto, da un giovane amato! Onde le bisognasse mentire, arrossendo, l'origine! E, così, di tutto. Perch'ella consentisse a vivere, perché tutto non le increscesse al mondo, conveniva dare, ad ogni cosa, nuovo valore e nuovo contenuto. Come poteva farsi? Amando.

Tutto questo il sentiva, nol pensava. Certe cose, chi le prova, non può, freddamente, ragionarle; ma ne ha, d'istinto, una percezione confusa, torbida. Nessuno pone, a sé medesimo, alcuni quesiti, con franchezza; nessuno risolve, a sangue freddo, di commettere ciò, che un pregiudizio annoso, che l'educazione religiosa, che la morale chiaman peccato, cattiva azione, turpitudine, delitto. Ohibò! quando si vuol fare una siffatta cosa, se ne rivolge altrove il pensiero; ma le si cammina incontro. La donna, sempre, ferma a non far, piú, un passo innanzi, una concessione fa, pure, ogni giorno, un nuovo passo, una nuova concessione, giurando, a sé stessa, che sarà l'ultima. Così la Radegonda andò, piú che a mezza strada, incontro a Maurizio; gli porse la mano per attirarlo a sé, e gli fece capire d'essere amato e che non avrebbe incontrato rifiuto..., prima ch'egli avesse, neppure, a desiderarla, una volta.

Diecimila lire di mancia, a chi scavizzola un tanghero, che sdegni l'invito d'una bella donna, che sia schivo approfittarne! La razza n'è spenta, fra noi. Bisognerebbe andarne a dissotterrare qualche avanzo, fra' ghiacci della Siberia, come l'*elephas primigenius*! Anche non amando, chi si farebbe scrupolo di chiedere, di accettare e di dare un'ora di piacere? Un bel pomeriggio, non è comperato troppo caro, corteggiando tale, che, in fondo, ci è indifferente, protestando sensi, che non nutriamo, giurando quattro bugie. Si sa, che certe parole (*amore*, *sentimento*, *passione*) servono, solo, per mascherare le brutalità de' capricci e del senso. Non ci si attacca idea, per convenzione universale. Queste cose, si sa, come le cominciano; e si sa, come le finiscono, da tutti. Ma, dalla Radegonda, non si sapeva bene; ed ella prese, per denaro contante, le parole melate di Maurizio. Non poteva, conscia del valor suo, immaginare, che le si rivolgesse un detto d'amore, senza sentirlo profondamente. Si credette amata: e le piacque; e ne fu piú bella. Onde, torre il coraggio di rinunziare a quel fascino? di riaffliggere (come supponeva) chi avea, già, crudelmente, afflitto, una volta? Eppoi, inesperta del lubrico sentiero della civetteria, non sapeva fissarsi limiti da non oltrepassarsi; non adescare, allettare, promettere, per, poi, farsi indietro e negare. Anzi, considerava, con lealtà ingenua, ogni promessa come impegno, ogni concessione come *irremeabilis unda*. Una stretta di mano, caldamente corrisposta, una destra, lungamente abbandonata, ad un premuroso cupido bacio, erano, agli occhi suoi, come una solenne promessa, perché aveva consentito mentalmente. E, dalla mano, si passa al braccio; e, dal braccio, alle labbra. E chi non sa resistere, non si esponga; né dia poste al giardino pubblico, chi non vuol accompagnare, in casa, l'amico, eppure non ha l'animo di contrastarlo, di respingerne le insistenze. *Summa summarum*: fu di lui. Non le costò neppure: o l'amasse tanto, da non riflettere, oppure, anche di piú, tanto, da non calcolare le conseguenze, possibili, probabili, immancabili. Non credette e non volle far credere, di consumare un sacrificio; non aggiornò, non procrastinò, non accampò scuse ed ostacoli. Non temé, neppure, il giudizio dell'impronto Maurizio, sulla sua tanta facilità: o per la coscienza del lungo combattimento interno, non cedendo ella, alla prima richiesta di Maurizio, se non perché, due anni, una cura secreta l'aveva bersagliata; o per la coscienza del proprio valore, che non poteva permettere, al possessore, di arzigogolare sul come aveva ottenuto una tal donna, troppo pago di averla, pure, ottenuta. Già, se una fortezza s'ha da arrendersi, a che tanti ghirigori? e di fortezze inespugnabili, o che ce n'è?

Vennero, dunque, i giorni tanto desiderati: i giorni della passione corrisposta, condivisa (in apparenza, almeno); delle poste secrete; delle letterine trafugate; delle occhiate consapevoli; delle subite paure! Provò, ora, da sé, tutti gli episodi presentiti, leggendo il carteggio de' due, dell'Almerinda e di Maurizio. Si abbandonò, senza alcun ritegno, alla passione soverchiante; non mercanteggiò, non limitò l'arrendevolezza; precorse i voleri dell'amante. Anzi, tante ne fece, delle imprudenze, che la nuova relazione non poté non avvertirsi da molti: con quel suo caratterino, era donna, credo, da non negarla, se qualcuno l'avesse interrogata in proposito. Milano è un pettegolo paese; non so piú quel giornalucolaccio, se non erro, il *Gazzettino Rosa*, pubblicò articoletti, in cui si alludeva, chiaro, chiarissimo alla pratica della Radegonda con Maurizio. N'ebbe copia, segnata, in margine, col lapis rosso, il signor Salmojraghi. Il quale, dapprincipio, non voleva capire; ma, poi, dovette capire e persuadersi della verità dell'accusa. Gabrio amava calda e saldamente la moglie, ma ci vedeva; e non era, ancora, ridotto a passare le giornate, sonnecchiando, come il marito dell'Almerinda.

. . . Oh rabbia!

Dunque, il sospetto? – È, omai, certezza! – E inulto

Filippo è, ancor? . . .

XII

Si narra d'un celibe, che, ogni sera, prima d'entrare fra le lenzuola, recitato il rosario, soggiungeva questa preghiera: «Dio mio, padre nostro, che siete ne' cieli, fate, ch'io non m'innamori; o, se m'innamoro, ch'io non mi ammogli; o, se m'ammoglio, ch'io non sia becco; o, se son becco, ch'io non me n'accorga; o, se me ne accorgo, ch'io non me ne adiri; o, se me ne adiro, che io non ne tocchi, giunta». Il Salmojraghi, che aveva fatta la sciocchezza d'inbertonarsi e lo sproposito d'inussorarsi; ora, che gli facevan le fusa torte, ebbe l'imprudenza d'accorgersene e la sguajataggine d'impermalirsene. Si rodeva di rabbia, internamente; e, frattanto (umana debolezza) gli mancava il coraggio, per una spiegazione o col bellinbusto o con la moglie. Vivea certo, certissimo del fatto suo, tanto certo quanto si può essere di siffatte cose, ché, già, difficilmente, uno ci si trova presente: de' cani si vede, de' gatti si sente, degli uomini si presume! Ma, solo al pensiero di spiegarsene con la Radegonda, gli si scioglievano le ginocchia. Un paio di volte, stette per metter carte in tavola. Cominciò a balbettare due o tre parole; e, poi, avvilito da un'occhiata della donna, diede altro indirizzo, affatto innocente, al discorso. Ebbe la tentazione di prendersela col Della-Morte, e gli mosse incontro: ma, quando gli era in presenza, gli cadeva l'animo.

Sembra, che il valore, nella famiglia Salmojraghi, fosse costituito in maggiorasco ed ereditato esclusivamente dal primogenito, dal Maggiore; ed il secondogenito banchiere, privo di questa parte di patrimonio, non sentiva il menomo gusto di cimentarsi con un ufficiale di cavalleria fregiato il petto da non so ben quanti attestati della intrepidità sua e della saldezza del suo braccio! Quindi, e' s'appigliava al peggio di tutti i partiti: metteva il broncio, guardava in cagnesco Maurizio, faceva sgarbi alla moglie, pur lasciando correr l'acqua alla china.

E si arrovellava e s'indispettiva della debolezza propria. Meditava vendette, trastullando la fantasia con l'arzigogolar crudeltà che non perpetrerebbe, mai. Ebbe l'idea geniale di leggere, con espressione, alla moglie, a colezione od a pranzo, gli articoletti di cronaca od i fatti vari, che narravan castighi, inflitti da mariti alle consorti adultere. Glieli leggeva, con pause ad effetto, con occhiatacce significanti, quasi come avvertimento. La Radegonda a sorridere ed alzar le spalle: ed o non badava, altrimenti, al fatterello; o ci rifletteva, su per disprezzare quelle velleità d'Otello, e rugumava quanta dolcezza vi sarebbe, pure nel morire con e per l'uomo amato. Goduto il godibile, quando non è lecito aspettarsi altro, dalla vita e dal piacere, se non la sazietà, qual pazza ripugnerebbe alla morte? e l'esser trafitta, per mano di un marito imbizzarrito, è delle belle morti... seppure, come scrive quel franzese, seppure vi ha di belle morti. Questa sentenza memoranda, una volta, lei la fece ad alta voce. Il Salmojraghi le si voltò come una vipera; e stava per lasciar le metafore e votare il sacco: ma, incontrandone lo sguardo calmo, convinto, scorgendone il sorriso satirico, sprezzante e risoluto, non osò dir nulla e si tacque.

Un'altra fiata, il Salmojraghi, che, quella mattina, non aveva ancor fiatato, scompartendo gli sguardi, fra il tondo, carico di rognoni trifolati al madera, e la *Perseveranza*, cominciò, ad alta voce: «Si legge nel *Rinnovamento* di Venezia, diciotto Novembre. Un marito, che, entrando nella camera da letto, trovò la moglie in compagnia d'uno sconosciuto, pregava questi, cortesissimamente, di allontanarsi; e, poi, ravvolgendo la moglie nelle lenzuola, la buttava dalla finestra. Si accorse in ajuto della misera; ma temiamo, che ogni opera sia indarno. Fu ricoverata nell'Ospedale. Il marito è arrestato».

La Radegonda, dopo breve pausa, prese a dire: «Misera donna! doppiamente infelice, e nel sortir il marito e nella scelta dell'amante! Caduta di Cariddi in Iscilla, di codardo in codardo! La condotta dello sposo, che ne rivela il carattere di fango, giustificherebbe lei d'ogni errore».

«Il marito esercitava un dritto, vendicava l'onor suo. Non so, come l'abbiano arrestato; ma dovranno rilasciarlo. Sennò, i giurati lo assolveranno. Il codice, in questo caso, accorda l'impunità...» diceva quel buon uomo, infervorandosi. Ma un'occhiata di sprezzo, vibratagli dalla

Radegonda, il fece ammutolire; ed avvallò gli occhi.

«Taci là, tu. Vergogna! Appunto, perché la legge vostra gli assicura l'impunità, doveva mostrarsi magnanimo. Ma no! cortese con l'uomo, il quale aveva forza e (credo) armi, è prepotente con la fiacca inerme! Vigliacco! E quell'altro, poi! abbandona la tapina, la quale il compiaceva di tutto e lo amava e perigliava la vita per lui! L'abbandona; e si pone in salvo; e la lascia uccidere. Vigliacchi l'uno e l'altro, vigliacchi entrambi. Ah! fossi ne' panni di quella meschina, morrei meno della caduta, che della necessità di disprezzare chi avessi amato».

Una terza volta; pochi giorni dopo, Gabrio tornò alla carica, leggendo, ne' *Fatti varî* di non so quale effemeride, l'aneddoto seguente:

«VENDETTA DI UN MARITO. Un signore sorprese la moglie, in colloquio, troppo confidenziale, con un amico di casa. Non mostrò punta collera; solo, chiese all'amico: *Quanto egli solesse dare alle donne di malaffare?* Questi, dapprima, esclamò: *Che domanda!* Né rispondeva. Ma, poi, (ripetendo il marito l'interrogazione; e con voce non iscevra da minaccia; e mostrando, che non gli permetterebbe di partire, senza aver data risposta) disse: *Uno scudo.* E l'altro: *Uno scudo? Bene, bene, benissimo! Dunque, essendo stato con costei, che non val nulla meglio, le sborserà lo scudo. Io, marito e curatore legale degl'interessi suoi, ho l'obbligo di attendere alla riscossione di questo suo credito.* Il giovane, aveva, quasi, voglia di ridere. Pure, insistendo l'offeso, con piglio severo, quantunque gli rincrescesse d'umiliar la donna, per uscir d'impiccio ed ottenere d'andarsene, mise, come piacque al marito, uno scudo nella mano di lei, che esso marito aveva afferrata e gli sporgeva e che richiuse, col suo pugno di ferro, sopra lo scudo. *E sa, torni, pure, quando vuole!* proseguiva il padron di casa, accompagnando l'ospite sino all'uscio. *Tanto, conosce l'indirzzo ed il prezzo. Non faccia, a mógliema, il torto di cambiar bottega. A rivederla! Per uno scudo, la signora sarà sempre a' suoi comandi. Veglierò io, perché non trovi scuse.* Ned altra vendetta tolse, poi, dell'oltraggio ricevuto, tranne questa: ogni volta, che gli accadeva di trattenersi nella stanza della moglie, quando e' la lasciava, le consegnava uno scudo, dicendo: *Questo è il mio debito, secondo la tua tariffa.* La povera donna morì, di crepacuore, in capo a pochi mesi».

La Radegonda ascoltò, senza batter palpebra. Poi, sputò. Dopo breve pausa, parlò; e cominciò a dire: «Mi farai il piacere, di non leggermi piú storie siffatte, che m'indurebbero a prendere in disgusto l'uman genere. Non mi piace ned il feroce, né l'assurdo. Che un uomo possa assassinare, così, una donna, schiaffeggiarla di questa sorta, e perché, poi? per una simpatica debolezza, perché ama: sarà possibile! L'amor proprio vulnerato rende selvaggi. Impossibile, però, non esecrare un manigoldo, tanto ingiusto e barbaro. Che un amante si avvilisca, nel pericolo; e si renda complice del marito, nell'insultare quella, che si è data a lui; e non comprenda i suoi obblighi d'onore: sarà cosa, che si vede, nel mondo. I genitori errano, nella elezion d'un marito, le tante volte: la donna può, sbagliar, talvolta, nella scelta dell'amico! Ma che si sopportino offese rinnovate, ingiustificabili, questo sì, ch'è assurdo. Non aveva, dunque, costei altro al mondo oltre la grazia del consorte? Ebbene io, ne' panni suoi, piuttosto andrei limosinando. Una signora, che porta in dote, spesso, due o tre tanti del patrimonio del conjuge, che contribuisce, spesso, piú di lui, al mantenimento della famiglia, non soffrirà, mai, di essere trattata come schiava venduta. È padrona di sé; dà e non accetta. Ed anche un marito, come l'amante, debbe aspettarne il capriccio e tornarle gradito, se brama, che gli si conceda l'entrar nel talamo. Io non ho bisogno di udire le sciocche favolette, che ti compiaci di leggermi, da qualche tempo; e ti prego, sai, caldamente, di risparmiarmele, in avvenire. Non so se mi sono spiegata».

Il Salmojraghi chinò il capo, tacque e non rispose. Una volta o due, si provò a rialzarlo; e disse: «Radegonda!» Ma la moglie, che aveva preso un libro, replicò, semplicemente: «Ehn?» la prima, «Ahn?» la seconda, senza interrompere la lettura; ed, a lui, cadde l'animo e passò la voglia d'intavolare un discorso tempestoso con una donna, che aveva quel muso lì. Nondimeno, diventando impossibile a tenersi la posizione, prese una risoluzione eroica; e risolvette d'accusare la moglie, a quella nonna, che l'aveva educata e viziata; e per la quale, la Radegonda conservava, sempre, deferenza massima e venerazione. Pensò, che rimostranze ed osservazioni, porte da colei, avrebber virtú di farla ravvedere. Ed era dispostissimo a perdonare e dimenticare quella distrazione conjugale, quello scappuccio, purché, ben inteso, non passasse in esempio: una volta tanto, si può esser minotaurizzato.

XIII

Povera nonna! sentir questo della Radegonda sua, lei, che la credeva, sempre, felice in famiglia, sempre, amante del marito! Figurarsi, come si afflisse! con quanto zelo, promise, al Salmojraghi, adoperarsi, acciò venisse in chiaro l'innocenza della Radegonda e si dileguasser le apparenze, che, secondo lei, avevano dovuto ingannare il banchiere: perché, della nipote, rispondeva lei. Impossibile, che una Orsenigo facesse spropositi. Una Orsenigo! Una figliuola di sua figlia! La figliuola della Maria Averoldi negli Orsenigo! La nipote della Teresa Cazzaniga negli Averoldi! mai piú! mai piú! mai piú! Lasciasse, dunque, fare a lei; e si chiamerebbe contento. E scarabocchiò, lì per lì, su due piedi, subito subito, un bigliettino di quattro righi alla nipote: «Cara Radegonda, figliuola mia benedetta, tu dimentichi la tua vecchia nonna, che ha bisogno di vederti. Passa, oggi stesso, da casa mia, se puoi; senza la Clotilduccia, per parlare, piú liberamente, insieme. Ti abbraccio, figlia mia carissima. La tua madre affezionatissima, Teresa».

La Radegonda, vergognosa e compunta di aver trascurata la sua, tanto, buona nonna, si vestì, appena ricevuto il pistolotto: ed, avanzandole un pajo d'ore libere, prima d'uno appuntamento con Maurizio, pensò di passarle con quella, che le aveva fatto da madre. Era stata tanto occupata e felice, negli ultimi tempi! e felicità vuol dire oblio d'ogni cura, anzi d'ogni cosa, tranne il pensiero, che c'inebria e bea. Uno interesse, potente e sommo, governava, ora, la vita di lei; ed, innanzi a quello, spariva tutto, tutto. Ma, come que' ghiottoni, che vogliono provare un vino delizioso sopra diverse vivande, per assaporarlo differentemente: così, voleva essa gustare un colloquio e gli amplessi di Maurizio, anche, uscendo dalle braccia e di casa la nonna: dalla casa, ove era stata educata, donde uscì, per andare a nozze.

La buona vecchia non riabbracciava la Radegonda, da un pezzo: dacché questa, incontrato il Della-Morte e stretta con lui relazione, aveva incominciato a riaversi. Al vedersela mutata in meglio, fresca come rosa di maggio tutta aperta, in su lo stelo, vispa, giuliva, scherzevole, provò una consolazione da non dirsi. Eccole a chiacchierare *de omnibus rebus*; e non se ne finiva piú. La mamma della Radegonda era morta nel parto, giovanissima; alla vecchia Teresa, pareva vedersela rediviva nella nipote. Come mettere il discorso su di un tema, che la contristerebbe di certo? come uccidere, su quelle labbra, il sorriso incantevole, che le subapriva? Pure, si fece forza; e cominciò:

37

«Stamane, ho visto tuo marito...»

La fronte della Radegonda si corrugò, impercettibilmente, come ci suole accader, quando chi siede a pianoforte stona e non possiamo gridare *ahi!* per un riguardo qualsiasi. Fortunati i cani, che, liberi da ogni umano rispetto, *cinici* per natura, abbajano senza scrupolo, allorché si tocca la corda, ch'è loro antipatica! La giovane sprigionò, dalla chiostra de' denti, semplicemente, il solito suo: «Ahn?»

«Senti, oh! Radegonda, com'è teco, da qualche tempo, lui?»

«Chi?»

«Tuo marito, il Salmojraghi».

«E vuoi, che ci badi, io? Ho altro, pel capo».

«Cosa puoi avere, pel capo, di piú importante del marito, della famiglia? Ascolta, figliuola mia! Tu sai, s'io t'amo; è inutile, che io ti prevenga di non interpretar male...»

«Oh mamma, che prolegomeni! che faccia seria! che solennità! Cosa c'è? Mi sembri, come, quando io, da bambina, l'aveva fatta, qualche impertinenza grossa, e che m'avevi da castigare».

«Non credo aver, mai, peccato di troppa severità!»

«Chêh! chêh! Non sapevi sgridarmi! E, quando mi principiavano a spuntare i lucciconi sugli occhi, a prendermi subito, in collo; e baci! e moine! e carezze! e chicche! e giocattoli! E, quasi quasi, toccava a me il perdonarti! Cosa vuole, mo, il Salmojraghi! Cosa viene a fare da te, se ha da lagnarsi di me? Mi pare di esser donna e matura... anche troppo! e fuori tutela. E non c'è sugo, d'andar a rompere il capo, alla buona mamma mia, che è l'unica amica mia. Il Salmojraghi diventa, proprio, imbecille! Io nol posso piú vedere! Questa è una indegnità!»

«Ma no, bimba, bimba! Non imbizzarrire! Tuo marito non t'accusava, punto; parlava, affettuosamente...»

«Io, che m'importa, a me, quando m'ammazzano, che dican di farlo per affetto! Bella scusa! E cosa borbottava costui?... Ma guarda un po', anche tu, mamma, che necessità di parlarmene! M'è passato il buon umore! Puoi darci importanza, alle sue chiacchiere?»

«Anzi, non dò loro importanza nessuna; e gliel'ho detto. Vedi, egli t'ama e ti apprezza, oltre ogni dire; e se' cieca, se nol vedi; se non t'accorgi, come egli sia, diciamolo, un tantin geloso».

«Ora, è geloso? S'accomodi! Bel modo di mostrarmi stima. Che me ne preme?»

«E qui, dammi retta, figliuola mia; dà retta, a me, che son vecchia ed ho i capelli bianchi ed un tantino piú di sperienza del mondo: hai, forse, un po' torto... Non t'inalberare! lasciami finire! Tuo marito, insomma, se è geloso, mostra di pregiarti. E tu, evita quanto il turba; cansa le false apparenze; fargli ben capire quanto l'ami...»

«Io non l'amo, mamma».

«Radegonda! Che sono questi sgarbi! questi dispetti! Non ameresti, piú, tuo marito, per qualche insulso pettegolezzo, per qualche disputa da nulla! Cosa c'è stato, fra voi due? Passerà tutto, via».

«Non passerà. Non passerà nulla! C'è, ch'io non l'amo, mamma; io, no. Non c'è stato nulla, non ho niente da rimproverargli, ma non l'amo, gua'!»

«Fossi gelosa, anche tu?...»

«Gelosa? io gelosa? di lui Salmojraghi? Ma ti pare! Mi faresti ridere!»

«Mi sembra, piuttosto, che t'abbia, quasi, voglia di piangere! Via, confidati alla mamma tua. Io ti consolerò.

Non può essere grande il male».

«Non c'è alcun male!»

«Mel sapeva. E gliel'ho ben detto, a tuo marito, che la sua gelosia, per quell'ufficiale, non poteva non esser infondata; ch'egli avea le traveggole. Gliel'ho giurato sull'onor mio, che tu non sei capace di mancare al dover tuo, di accettare gli omaggi d'un bellimbusto, anzi d'intenderti...»

«Mamma...»

«Senti a me. Ora, tornando a casa, va dal buon Gabrio tuo, buttagli le braccia al collo, ripetigli tu questo, che gli ho detto io; e la pace è bell'e conchiusa. Il farai?»

«No. Non posso. Non mi giova mentire. Senti, mamma, io non voglio dirti la bugia, a te; non l'avrei detta, a lui, s egli mi avesse interrogata. Quel, che fo, liberamente mel fo, deliberatamente: è ben fatto. Giacché sai, già, tanto, io ti dirò, che amo quell'uffiziale, che egli mi ama, che nol lascerei, per nulla al mondo. Vuoi saper di piú? Debbo rivederlo, fra un'ora. E sappi, ch'io l'amava, da che l'ho conosciuto, saran tre anni, là, a Napoli; che, per amor di lui, me ne andava in consunzione; che, da quando l'ho acquistato, mi han vista tutti rifiorire...»

«Radegonda mia, che farnetichi? se' pazza! E cos'hai? ti vien male? Tu impallidisci! Tu, piangere! Calmati, nel nome del Signore! Povera ragazza! calmati, che ti verrà qualcosa! Gesú! Gesú! Calmati!»

Le parole erano mancate alla giovane donna, terminando in singhiozzi; piangeva, convulsa, con le tempie di fuoco e le mani ghiacce. E la nonna, che avrebbe, pur, voluto e dovuto riprenderla, sgridarla, esortarla a mutare indirizzo e condotta, vedendola soffrire ed agitarsi, le mancava il coraggio. Si rinnovava il caso, di quando una lacrimetta della Radegonduccia bambina cambiava, in consolatrice, colei, che, pure, avrebbe inteso, debitamente, castigarla.

Una creatura tanto bella, che strazio il vederla soffrire!... La vecchierella, ad affaccendarsele intorno. La fece riavere slacciandola e col liquor-anodino. Non brontolò una parola di rimprovero, di biasimo: sarebbe stata, forse, inopportuna e, certo, bugiarda. In fondo, a lei, nonna anzi madre della Radegonda, cosa doveva importare, esclusivamente? La soddisfazione, la felicità di questa; non altro. E 'l danno e lo scorno del Salmojraghi, solo, in tanto, starle a cuore, in quanto poteva importar conseguenze dannose e funeste, per la Radegonda stessa. Ed era cristiana, o si diceva: ma il dannoso ed il funesto, per lei, stava, principalmente, nelle cose materiali! Frattanto, però, si trovava in un bell'impiccio, ma bello davvero! Cosa direbbe, al marito della nipote, al progenero? Sosterrebbe, non esser vero nulla? O che altro? Uff! che impiccio!

La Radegonda, riavutasi, cominciò a parlare, piú ordinatamente, a Mamma Teresa; e non le nascose nulla. E parlava, così appassionatamente, ed era bella tanto e le brillavano, talmente, gli occhi, per l'intima felicità sua, che il marito stesso non avrebbe saputo condannarla, forse, se avesse potuto dimenticare d'esser parte in causa. Figuriamoci, un po', la nonna, usa a travedere per quella ragazza! E non ebbe cuore di farle un'osservazione, nonché un rabbuffo. E (quando la Radegonda, guardando l'oriuoletto, si alzò, per partire, e si disse aspettata), non osò, neppure, trattenerla un istante, benché la sapesse aspettata da quell'ufficiale; e l'abbracciò, col sorriso stesso, con cui l'avrebbe lasciata sulla soglia della camera nuziale. Mamma Teresa era, senza dubbio, una pessima educatrice; e, davvero, troppo indulgente. Ma le pareva, che, chi, omai, ha afferrato il porto debbe compatir, molto molto, a' pericolanti, in alto mare. Ma voleva praticare il precetto: *Tout comprendre, c'est tout pardonner*; né s'accorgeva, quanto fosse sofistico. Ma pensava, che le sventure vengono, pur troppo, e gravi e da sé; perché privare que', che amiamo, delle poche dolcezze, che loro si offrono? perché loro amareggiarle?

Ah l'amor poco avveduto delle nonne e delle mamme, degenerando in dolosa andulgenza, quante ha pervertito e corrotte anime generose, che un po' di sostenutezza, di rigore, di freno, avrebbe serbate o ricondotte sulla via del bene!

Maurizio Della-Morte, invece, quando la Salmojraghi gli raccontò l'avvenuto, storse la bocca. Quanto volentieri l'avrebbe persuasa di piantarlo! Già, principiava ad esserne ristucco. E, poi, aspettava, a giorni, il permesso di viaggiare all'estero; ed andava preparando le valige e procacciando commendatizie, per Parigi e Brusselle e Berlino. Quindi, ad accampar pretesti di prudenza, di riguardi, di non so che cosa.

«Non temer nulla» susurrava, sorridendo, la Radegonda.

«Io, per me, non temo nulla! Ma sarei uno egoista stolto, se pensassi a me solo e non a te, cara!» rispondeva lui.

Ed ella: «Sarà quel, che sarà! T'amo! con te, ho la felicità! Che importa, cosa possa costarmi, in avvenire? Chi non risica non rosica!» E, così dicendo, gli morsecchiava, per ischerzo, la mano sinistra, che aveva preso fra le sue, quasi volesse rosecchiarla, davvero.

XIV

Frattanto, l'avola antica, a meditare sul da rispondere al Salmojraghi: uhm! E, quando questi venne ad informarsi del colloquio, cominciò dal concedere, non esserne i sospetti, del tutto, insussistenti, sebbene, a parer suo, esageratissimi. Che ci fosse nulla di serio, fra la Radegonda e 'l Della-Morte, ôoh! peccato mortale il pur supporlo. Ma una tal quale inclinazione, che, progredendo con l'intimità, potrebbe metterne, in pericolo, non la fedeltà, (quella, mai!) bensì la tranquillità dell'animo della nipote, eh! eh! non le sembrava da disconoscersi. Rimedio? Uff! la parte curativa è il brutto, nella medicina: la diagnosi della malattia, piú o meno stiracchiatamente, si fa; ma come guarire il male diagnosticato? Pare, che la vecchia dabbene avesse letto l'*Amore* di Giulio Michelet: propose un viaggio, un lungo e bel viaggio, le distrazioni del quale scaccerebbero, certo, le preoccupazioni anticonjugali, di mente alla Radegonda. Il Salmojraghi afferrò, a volo, l'idea; si persuase, volentieri, di quanto la vedova affermava; e si rincasò, con la letizia del ferito, il quale ha, finalmente, avuto, dal medico, l'assicurazione, che la convalescenza può dirsi assicurata e che, in pochi giorni, potrà ridiventar padrone di tutti i movimenti del corpo. Ma la letizia volle durar poco.

Quando manifestò il disegno di viaggiare, alla moglie, questa, invece di accettarlo con giubilo, come la volta, ch'erano andati a Napoli, allungò il muso, alzò le spalle, abbozzò un sogghigno e si permise di trovare *arciridicola* ed *isconnessa* la pensata di mettersi in viaggio, giusto negli ultimi di Novembre! Proprio il momento acconcio per lasciare Milano bella! Del resto, non si sentiva bene; e, poi, non ne aveva voglia. Il settentrione la spaventava ed il mezzogiorno non l'allettava; e le era passata ogni curiosità di veder l'Oriente. Il Salmojraghi mostrò poca politica. Si riscaldò, montò in bestia, dichiarando, ch'egli aveva risoluto e deliberato, di svernare al Cairo, risoluto e deliberato, che la moglie lo accompagnerebbe. E lei: «Che Cairo d'Egitto!» E lui, spronato dal suono delle parole proprie, come il barbero dagli uncini, appesi alla gualdrappa, trascorse tanto oltre, da invocare non so quale articolo del Codice civile. La Radegonda gli sghignazzò, in faccia; domandandogli, ironicamente: «Se contava condurla via, con violenza? o qual violenza potrebbe costringerla a partire, quando ella, dal canto suo, avesse risoluto e deliberato di rimanersene?» Caliamo il sipario, caliamo. La scena susseguente fu di quelle, che, secondo Dante Allaghieri, è bassa voglia il volere udire; e, di cui, il Parlamento Italiano ci dà, spesso, l'obbrobrioso spettacolo. Il marito venne fuori, con un: «Io non volevo crederlo; ma, dunque, è vero!» E la valorosa donna gli contrappose uno di que' spaventevoli «Sì!» che sbalordiscono, perché inaspettati; perché, anche, i persuasissimi della verità della cosa, non si aspettano, mai, di udirla confessare, a viso aperto. «Sì! sì! sì! O che non te n'eri accorto?» Rimproveri, minacce. La conclusione fu, che la Radegonda, lasciata, sdegnosamente, la stanza, e ritiratasi in camera, vestendosi alla bell'e meglio, uscì, s'incarrozzò ed andò a piombare in casa il Della-Morte, ospite inaspettata.

Questi, tornando all'albergo, una ora dopo, tutto gongolante per l'aspettativa, che gli era stata, ufficialmente, partecipata la mattina, trovò la signora, stabilita nelle sue stanze, da padrona. «Sacramento! e che fai qui? e come mai? e cosa c'è?» diss'egli, rannuvolandosi. E lei, sorridente, a buttargli le braccia al collo, ad appoggiargli le labbra sulla gota, a narrargli tutto il diverbio col marito. *Non gliene importava un fico; anzi, ne giubilava. E veniva da lui, per non lasciarlo piú, mai, mai... A meno, che non la rimandasse!* come soggiunse, col risolino di chi fa una supposizione assurda. E gli strinse il collo, col braccio, quasi volesse soffocarlo, e gota a gota. Poi, lasciandolo, si ritrasse indietro; e sedette sul canapè; ed il guardava, amorosamente.

E Maurizio? Le sue labbra erano atteggiate al sorriso, anch'esse. Ma non ci ha parole efficaci abbastanza, in questa lingua italiana, che, – certo, non difetta di vocaboli energici, almeno io non ricordo e non so trovare espressioni, che, lontanamente, ritraggano, adombrino la noja, il disgusto, ch'egli provò, pel fatale annunzio. Per cinquantamila ottime ragioni, il colpo di testa della Radegonda era giuocoforza gli rincrescesse; e, frattanto, molte, non poteva neppur dirle; alcune, gli doveva bastare di accennarle, senza insistervi, punto, su.

Prima di tutto, e la morale? Il terrebbero, per uno, che gode metter male nelle famiglie, che semina zizzanie! Mai, non gli era passata, pel capo, la piú lontana intenzione di turbare la pace domestica di chicchessia, neppur, quando amava l'Almerinda Ruglia-Scielzo, come un forsennato. Studioso, nel corteggiar le donne, sempre, d'usar mille riguardi, perché le sue pratiche non desser mai, nell'occhio. Per esempio, nessuno, a Napoli, aveva, nemmanco, sospettata la relazione con quella signora, tanto amata da lui e per la quale avrebbe, quindi, potuto, agevolmente, tradirsi. (Non sapeva, la sua mamma l'averla argomentata, da quel tal fazzoletto, con le iniziali della Consiglieressa.) Che, se, ora, in Milano avevano avvertita l'intimità con la Radegonda, doveva attribuirsi ed al paese piú piccolo e vieppiú ficcanaso e pettegolo di Napoli ed alle imprudenze di madama. Non che provocar dissidî ed antipatie fra' conjugi, egli tendeva ad instaurar la concordia e l'amenità, in tutte le famiglie, dove aveva secreti con la padrona di casa: sempre, inculcando, alle mogli, arrendevolezza a' mariti, riguardi, affezione, quanto insomma un marito desiderar può, meno (s'intende) la fedeltà; e facendo, della buona condotta domestica, condizione *sine qua non* della durata della sua pratica. Non ammetteva, che l'amante mettesse su la donna o la spalleggiasse, nelle contese familiari; gnornò. Primo dovere dell'amico è di consigliar, bene, colei, che gli si commette; esercitando la tutela implicita, che ogni uomo, per dritto naturale, esercita sulla donna posseduta, nell'interesse di lei, per indirizzarla, saviamente, al bene. Ed ecco, ch'egli, ora, si trovava sopraffatto da questa *ciandella*! costretto non solo a figurarne per seduttore e rapitore, (mentre, invece, sedotto e rapito era lui!) anzi, pure, a sostenerla, difenderla, ne' suoi disordini ingiustificabili! Per lui, una moglie abbandonava il domicilio conjugale e la figliuoletta, dimenticando ogni piú sacro dovere! Era cosa iniqua; ed egli complice involontario, ma necessario, dell'iniquità, anzi causa determinante di essa.

Dopo le ragioni morali, venivan quelle d'interesse, che primeggiavano, forse, anche, nell'animo di lui. Chi rinunzia alla Venere vaga, alle *conquiste*, alle avventure, chi vuole impacciarsi d'una compagna fissa, se la sceglie, almeno, di suo gusto; e tale, che gli offra guarentige. Ma sciropparsene una, che ti s'impone! e, sotto pretesto, d'aver tutto sacrificato per te, pretenderà, da te, Dio sa o, meglio, Dio non sa, quali e quanti sacrificî! Sacrificî di quattrini, gravissimi; sacrificî d'indipendenza e di libertà forse, anche, piú incresciosi. Dovresti trascinare, appresso, per la vita, questo cataplasma, come il forzato fa della catena, senza potersene affrancare, mai, salvo meritando il nome d'ingrato! Sicuro! sacrificandovi marito, famiglia, posizione, quella pettegola ha acquistato dritto alla vostra riconoscenza; e non potreste limitarla o raffreddarla, senza commettere una frode, in danno di lei. L'ha pagata? È giusto, che se la goda od, almeno, che l'usufruisca. Meno male, la moglie. Prima, come dicevamo, uno se la sceglie; poi, uno se ne scioglie. La puoi trascurare, puoi separartene giudiziariamente; ed, in faccia al pubblico, chi ha torto, è, quasi sempre, lei. Ma alla donna, che ti ha *sacrificato tutto*, (siamo, sempre, lì!) infedeltà non lece farne; né lece abbandonarla o trascurarla, senza taccia d'infamia, di mancanza di cuore, di perfidia. Del resto, e quando lui Maurizio aveva pensato ad incaricarsi del mantenimento della Salmojraghi? od a legarsi, con lui, per la vita? e quando aveva detta una parola, che potesse interpretarsi, in questo senso? Mai! mai! mai. Scorgendola desiderosa di stringer seco relazione, quantunque la non ignorasse, aver egli il capo a tutt'altra; ebbene, egli non aveva creduto decoroso, conveniente (anche per la riputazione dell'assisa, che indossava) il farla da casto Giuseppe, il lasciarsi fuggire la buona occasione; tanto piú che, avendo chiesta l'aspettativa ed il permesso di viaggiare all'estero, la sua stanza a Milano si sarebbe ridotta a poche settimane e tutto sarebbe finito lì. Ed, ora, addio Parigi, Brusselle, Berlino! Che gusto c'è, a girare, colle pastoje, colle balze? E che dispendio la femmina appresso. Non era cosa per la sua borsa! Ah, quando si mise in quell'impiccio, contava, che la fosse una faccenda *en passant*, non altro. Signornò, diventava affar serio ed eterno! Non aveva, neppure, la magra consolazione di potersi accusare da sé stesso, di poter dire: *L'ho fatta grossa! Me l'ho meritata! Ben mi sta!* Niente affatto! la sventura, la rovina gli pioveva, senza sua colpa, sulle spalle!

E se quel poveruomo del Salmojraghi domandasse riparazione per le armi? Non c'è peggio de' timidi, una volta, che piglian coraggio! Ne fanno uno stravizzo! Riescono il contrario, appunto, della Chiesa Romana, *patiens quia aeterna*! Veramente, lui Maurizio era di prima forza alla pistola; alla sciabola non ne parliamo neppure: pericolo, dunque, per lui, non ce n'era. Ma... lo ammazzerebbe o storpierebbe? Farlo *cornuto e mazziato*, (come suol dirsi a Napoli,) gli ripugnava. Non gli parea bello, non cavalleresco: anzi un miserabile abuso e codardo di superiorità fisica, che gli procaccerebbe rimorsi, per tutta la vita. Ma per dirlo, sempre, alla napoletanesca, non c'è peggio de le *varrate de cecate*; un'arme, non è, mai, tanto pericolosa, quanto in pugno a chi non sa, punto, adoperarla; e lui, Maurizio Della-Morte, potrebbe, arcibenissimo, toccarne da Gabrio Salmojraghi, invece di dargliene. Ora, morire o buscarne, per la Radegonda, gli sembrava, non dirò rincrescevole, ma tanto insulso! Ma se non gliene importava nulla, di lei! Quel giorno, che, pure, s'abbatté, la prima volta, a Milano, nella Salmojraghi, si sarebbe azzuffato, con chi gli avesse contrastata la modella o crestaina o guantaja od altro, che si fosse, cui tenne compagnia per un paio di orette, la Ermenegilda Trabattoni, via: non so se Lei se ne ricorda, Lettore! Ma se n'era, proprio, incapricciato, in quell'istante! Ed, invece, per la Radegonda Salmojraghi-Orsenigo, non aveva, mai, sentito nulla.

Potevano o dirsi, esplicitamente, queste cose, o far capire, indirettamente, alla donna? Io, confesso, mi fossi trovato ne' panni del Della-Morte, ne avrei taciuto; come ne tacque lui. Ci sarebbe volsuto un bel coraggio! Come si fa, per dire, ad una bella donna, che si precipita per noi: «Vatti a far benedire da chi piú t'aggrada! Io non ne voglio saper di te! T'ho in tasca! Figliuola mia, provvedi a' tuoi casi e liberami del tuo peso. Frusta là!»

Se l'ipotetico mio lettore, volesse e sapesse insegnarmi questo *come*, io gli sarei, proprio, riconoscentissimo. Non ch'io corra, pur troppo, pericolo, che, mai, donna venga ad offrirmisi! ma farò adoperare questa soluzione diversa in qualche altra novella, la quale servirebbe di contrapposto alla presente. Caro lettore, sappia Vossignoria Illustrissima, che la mia fantasia è poca e pigra; sarà, presto, esaurita; e, se non mi ajutano, mi ripeterò, maledettissimamente: la mi somministri qualche documento umano! e grazie anticipate! e ci sarà, anche, la mancia. Va behn! ma cosa dicevamo? Ah sì, che Maurizio, quantunque indispettitissimo della pensata della Radegonda, che gli ricadeva sulle braccia, non ebbe però, (con quella fiacchezza d'animo!) l'incivil coraggio di dire: «Questo, poi, no. Tòrnatene a casa. Vattene. Io non intendo, punto, spinger la cosa, tant'oltre». Capì, benissimo, che la Salmojraghi non si sarebbe ridotta a casa, anzi si sarebbe precipitata dall'alto del Duomo o nel naviglio; capì, che bisognava curvare il capo e scontare, per le non sua peccata. «Lei ha le smanie uterine; e, ne' guai, mi ci troverò io. Meledetta l'ora, in cui la conobbi! Dice il proverbio

Che Dio te scampi e liberi

De pures, de bordocch e de formigh;

E de la razza di Orsenigh.

Non avevo, mai, capito, com'ora, quanto vero, che i proverbî sono la sapienza de' popoli. Costei è una Orsenigo. Ogni volta, ch'io la riveggo, m'annunzia sventura!»

Oh! Se la Radegonda avesse potuto leggergli in core! et indovinare la stizza, il rovello, con cui si rassegnava alla non ambìta felicità d'averla tutta per sé. Sempre! Forse e senza forse, si sarebbe pentita, augurando troppo male dello avvenire.

La sera stessa, partirono, per Firenze, col diretto notturno, delle nove e quarantacinque. Come rimanere a Milano? O dove andare? A Napoli, no, già; all'estero, no. La capitale era meglio di qualunque altra città d'Italia; e Firenze è tanto tollerante! Alla bella fuggiasca, non resse il cuore di visitare la nonna Teresa sua; le scrisse, bensì, di casa il Della-Morte, una lunga, sconnessa, appassionatissima lettera, in cui tutto le confidava. La vecchiarda si spaventò, pianse, deplorò, ma era tanto parziale per la nipote, tanto avvezza a scusarla ed approvarla e consentire ne' suoi capricci piú matti, da... fare quello, che fece. Andò, velata, alla stazione: volle abbracciarsela, ancora; volle stringer la mano, a colui, che la portava via, e raccomandargliela. Così è, quando si ama molto e si è persona di mondo, certi pregiudizî religiosi, morali, civili cadono, di per sé: che importa la legittimità del legame? le formalità nel contrarlo? Il meno guarentito sembra, quasi quasi, piú rispettabile, perché patto di onore, senza sanzione legale. La indulgentissima nonna promise di surrogar la Radegonda verso la piccola Clotilde; e, così, fu cancellato, dal cuore della viaggiatrice, l'unico rimorso, poiché reputava la figliuola ben affidata. Ma so molti genitori (gente pregiudicata, senza dubbio, e bigotta) che vorrebber saper morte le figliuole, anziché affidate ad una educatrice cosiffatta!

Il Salmojraghi, lui, fu desolatissimo della partenza della moglie; non disse: A nemico che fugge, ponte d'oro. Poveretto! va scusato, la amava! Giurò, da quel punto, odio mortale a tutti gli abitatori delle provincie meridionali ed a chiunque portasse una qualsiasi uniforme. Simile a quel personaggio del Goldoni, che odiava, tanto, il Can de' Tartari, da non poter piú vedere cani, ebbe a dire, spesso, persin con le Guardie Municipali ed a pagare parecchie multe in conseguenza. Ma, verso l'ex-consorte, fu giudice indulgente. Si buccinò, esserci voluto il bello ed il buono, per distorlo, dal querelare i due fuggiaschi, quali rei d'adulterio; ed avernelo trattenuto, solo, pietà di padre, ritegno di trascinare il nome della madre della Clotilde sua pe' tribunali e vituperarlo. Non è vero. Anzi, e' si diede a sperare, che, presto, passato il primo bollore, la donna tornerebbe, pentita e raumiliata, al tetto conjugale. L'amava! epperò, non accolse il pensiero di fare atti tali, che avrebbero sollevato un muro insuperabile fra loro due. Ecco, anche, perché la pura minaccia d'una domanda di separazione giudiziaria, il fece consentir, subito, ad una separazione amichevole, cui, dapprima, si mostrava saldo nel negarsi. Ecco, perché, alla moglie, offrì, per mezzo della nonna, di perdonar tutto, di amnistiarla, di tirare un velo impenetrabile sul passato, purché tornasse in quella casa, onde ogni gioja era sbandita in eterno, dopo la partenza di lei.

La Radegonda rimise la lettera, in cui era la proposta, al suo Maurizio; per dirgli, sorridendo: «Dettami tu, cos'ho da rispondere. Se tu mi suggerirai di accettare...» Ah certo, se Maurizio avesse osato dire quel, che pensava, le avrebbe suggerito di accettare; poiché, tanto, era ristucco di lei; e bisogna, pure, che tutto finisca; ed ogni bel giuoco dura poco. Ma tanto coraggio non ebbe. Cominciò ad insinuare, (com'egli stimava, con gran politica), il consiglio, che non osava esprimere. Sotto pretesto di perorare, imparzialmente, il *pro* ed il *contra*, enumerava, prolissamente, dipingeva, al vivo, gli svantaggi della posizione presente di lei, i vantaggi probabili, accettando la profferta. Ma la Radegonda, non comprendendo, non mangiando la foglia, udiva un po' sorpresa, ascoltava, distratta; e, poi, stringendogli i panni addosso: «Sarà! ma cos'ho da rispondere?»

Maurizio, indispettito e facendo una faccia seria: «Mia cara» bofonchiò «di alcune supreme risoluzioni dobbiamo accettar tutta la responsabilità; e non cercare di rovesciarne parte su qualche consigliere. Ciò, che io desidero, può essere una cosa; e ciò, che ti giova, un'altra. Io non ti dirò: *fa questo*; ma bensì: *rifletti, pondera bene,* checché tu faccia».

E sgombrò dalla stanza, lasciando la Radegonda, che interpretava tutto a modo suo, in estasi sulla insigne delicatezza.

La si pose a tavolino, subito; e, senza meditar molto, scrisse. Mostrò, poi, la lettera a Maurizio; che dissimulò, con istento sommo, sotto un sorriso, il dispetto e la noja sentitissima. «Son condannato, a perpetuità, alla Radegonda!» pensava, stampandole un bacio in fronte; e l'avrebbe, piú volentieri, strangolata. «Cara!» le susurrò sottovoce; e l'avrebbe mandata, di buon grado, urlando, alle trentamila paja di diavoli dello 'nferno.

Giustizia al merito! il Salmojraghi si mostrò delicatissimo, anzi generoso, negli accordi finanziari. Volle, che la moglie prendesse l'amministrazione indipendente, di quanto ella possedeva, senza sottrarne la benché menoma somma per la figliuola, di cui tradiva, così, l'interesse. Non solo; ma parecchi superi di rendita annua, essendo stati impiegati a nome suo, come capo della famiglia, in tempi, in cui non era, certo, prevedibile questo screzio disgustoso, volle tenersene conto; e rimise l'equivalente, alla moglie, in titoli nominali. Non solo: ma le fece consegnare fino all'ultimo oggetto di valore, giojelli, eccetera; gliene era stato larghissimo e rappresentavano un bel capitaluzzo. Lei accettò, senza né badare, ned apprezzare: cosa le importava? E lui, che, forse, sperava, questa sua condotta doverle fare un'impressione favorevole, dove produrre un senso di gratitudine, di ammirazione, di rimpianto! *Vedi il giudizio uman, come, spesso, erra!*

Così, fu saldata e ribadita la catena, che doveva legare eternamente, quel povero Maurizio, che non l'aveva né voluta né bramata, con la Radegonda. Povero Maurizio, davvero! La possedeva legalmente, per così dire. Gli era raccomandata, sentimentalmente, dalla nonna; e, quasi quasi, il marito gliela cedeva per contratto! Passarono i mesi, i bimestri, i trimestri, i quadrimestri, i semestri, passò il primo anno della aspettativa: ed il peso di quella unione gli diveniva, sempre piú, increscioso ed intollerando, sempre piú! Talvolta, l'avresti detto un bue assillato:

Che non v'ha pena, a sopportar, piú grave,

Che l'aver donna, quando a noja s'have.

«È proprio il caso de' pifferi di montagna!» così pensava lui. «Sono andato, per sonare; ed il Salmojraghi m'ha sonato *Io non so ben ridir, com'io v'entrai,* ma sono nel gineprajo. M'è accaduto, come a chi s'inoltra in un labirinto: fissa una cima d'albero, che deve servirgli di ritrovo, per tornare su' propri passi; ma piú s'inoltra e piú s'imbroglia; e la precauzione è stata vana. Questa donna m'ama a morte; checché faccia, non giungerò a demeritarne l'affetto mortifero. Bisogna dire, che, sin da Napoli, m'avesse giurato odio concentrato: lì, si manifestò, in un modo; adesso, si rivela, in un altro. Preferisco il modo di prima: l'odio aperto, che mi rapiva l'amante. C'era rimedio! Ma quest'odio amoroso, quest'odio, che si manifesta, coll'abbarbicarmisi, come l'ellera agli alberi delle Cascine, non ammette riparo! Come l'ellera agli alberi? come il boa al bue! Non c'è via di guarentirsene. Ah gli amori d'un tempo, con la lieta prospettiva di sbrigarsene presto! Eccomi legato. Ma se crede, costei, che intenda farmi frate io, e biascicare, tutto il giorno, orazioni con esso lei, s'inganna a partito. Voglio vivere, vivere; e cavarmeli tutti, i capricci! Della mia libertà d'azione, poi, mi sproprio, solo, fino ad un certo punto. Agli svaghi, non rinunzio. Non a' cavalli: nojaltri, ci vuole la stalla, per istar bene: qualch'ora me la sbirbo, così. E qualch'altra, col bersaglio. Caspita! Monzù l'ha presa pacificamente; ed ha resa inutile l'abilità mia. Ma può darsi, che mi valga l'esser valente. E quest'aspettativa ha, pur, da finire! E tornerò al Reggimento! L'avrò, sempre, appicciccato, il vescicante: ma l'abitudine m'ajuterà a comportarlo. Ed, insomma, bisognerà, ch'ella si pieghi al mio modo di vivere, perché, già, non son disposto a tollerar la cavezza, io; ho già troppo delle carezze!»

XVI

Se Maurizio Della-Morte era, così, indifferente anzi malevolo, verso la Radegonda, che tanto gli sacrificava e tanto l'amava; altri, però, quantunque offesi, quantunque trascurati, da lei, ne serbavano memoria affettuosa e cara. Tranne quel giornalucolaccio, repubblicaneggiante e ricattatore, (che, l'avea denunziata, accelerando, così, determinando la catastrofe), gli altri fogli di Milano tacquero, benignamente, dell'avvenuto. E, nella società, tutti si studiarono di palliare il fatto, di scusarlo. Il Salmojraghi medesimo, (l'abbiamo, già, detto), sfogato il primo impeto, non si abbandonò, più, a recriminazioni e rimproveri. Ciò, che la nonna pensasse, si è visto. Né smise, un istante solo, dall'antica premura. Non passava, quasi, giorno, che non iscrivesse, alla nipote, dandole notizie della Clotilduccia. Ma c'era, anche, nella lontana Napoli, una persona, in cui non venian meno l'affetto e la riconoscenza. Io parlo di Donn'Almerinda Ruglia-Scielzo.

Il commendatore Don Liborio Ruglia, consigliere della Cassazione napolitana, s'estinse, lentamente, di nostalgia forense. Lasciò Napoli per Patrasso, perché allontanato, rimosso, evulso, strappato, dalla su' cara poltroncina curule; perché le arringhe degli avvocati, del Pubblico Ministero e le relazioni de' colleghi non gli molcevano, più, dolcemente, i sonni; perché non aveva, più, ricorsi da rigettare od ammettere, sentenze da confermare, annullare o riformare; perché non si vedeva, più, intorno, le facce degli altri consiglieri, del Procurator Generale, co' suoi sostituti, degli avvocati, de' procuratori, degli uscieri. Morì di crepacuore, insomma, e di rimpianto. So, che, a' più, parrà ridicolo: mentre, invece, ad essi più, sembrerebbe sublime un vecchio soldato, cui scoppiasse il cuore, allontanandosi dalle bandiere, per la applicazione del famoso *articolo terzo*; ma io narro e non giudico. Gli è un fatto, che Don Liborio fe' gheppio, ripetendo, nell'agonia, le più belle sentenze di Cajo, gli articoli del Codice Civile e gli arresti della Cassazione parigina. E li recitava, con maggior esattezza, di un legulejo, (divenuto ministro, per vergogna della patria nostra!) il quale soleva inventarne, pe' bisogni delle cause, confidando che giudici e contraddittori non si prenderebbero l'incomodo di andare a riscontrare i repertori di Giurisprudenza.

Giovane, tuttavia, Donn'Almerinda rimase vedova e ricca. Di tempo in tempo, come avevan convenuto e promesso, prima di separarsi, la scrivucchiava alla Radegonda. Ma la Radegonda non le aveva, più, risposto, dacché fu cominciata la sua relazione con Maurizio. L'Almerinda se ne impensierì. E, dopo tre o quattro lettere, rimaste senza alcun riscontro, si rivolse al maggior Gabrio Salmojraghi, il cui battaglione non era tornato in Napoli, dopo la guerra; anzi, credo, fosse stato sbalzato, in Sicilia, a reprimere i moti di Palermo ed importarvi il colèra o la colèra od il còlera o la còlera, che sia... dicano, come loro aggrada, o maschile o femminile, o piano o sdrucciolo! per me, che non son pedante, *sette galli*, come dicono i francesi. Il maggiore rispose, con frasi, tanto ravviluppate e contorte, e da cui si poteva cavare così poco senso e costrutto, che l'Almerinda, sempre, piú, impensierita, pensò spedire una missiva, al marito dell'amica.

La risposta non si fece aspettare. Il buon Gabrio Salmoiraghi la chiarì d'ogni cosa, giudicando i fatti, beninteso, dal proprio punto di vista, ma, pure, con mitezza molta, per la moglie. Solo, verso il povero Maurizio, era ingiusto, davvero: già, con qualcuno, se l'aveva, pure, a prendere! Il chiamava un vile seduttore (*vedi il giudizio uman, come, spesso, erra!*) che, dietro suggestioni o suggerimenti del diavolo tentennino, e per castigo de' peccati di lui Salmojraghi, senza dubbio, il Ministro della Guerra lo avea mandato di guarnigione, a Milano. Riandando il passato, ricordando il cambiamento, sopravvenuto, nella Radegonda, gli ultimi tempi del suo soggiorno a Napoli, emetteva, anche, il sospetto, che la relazione fra' due fosse principiata, fin d'allora. Poi, descriveva lo stato dell'animo suo, la desolazione della casa, ora, che n'era partita (ahimè, per sempre?) colei, che l'aveva resa un paradiso. Nonna Teresa, per quanto affettuosa ed amante della nipotina Clotilde, pure, acciaccata e decrepita, mal surrogava l'oculatezza della genitrice perduta. Altro è una mamma di men che trent'anni, altro una bisnonna di piú che settanta. S'era dato ad intendere, alla bimba, che la madre viaggiasse, per salute; ma, un giorno, bisognerebbe discoprirle il vero o l'indovinerebbe. E se la vecchia morisse, cosa arciprobabile, converrebbe affidar la ragazza, in tutto e per tutto, alle cure d'una governante, proprio, assolutamente? E, qui, la lettera era vera, commovente e straziante.

Soprattutto, poi, per l'Almerinda. Costei amava la Radegonda, svisceratamente, davvero; di gratitudine sconfinata. Capiva, benone, che, senza l'opera ed il consiglio dì lei, non sarebbe stata, mai, brava, da svincolarsi dalla tresca col Della-Morte, la quale era rovina sua, morale e fisica. Il bernoccolo della riconoscenza le giganteggiava sul cranio; fortuna, che le trecce lunghe e folte mascheravan l'enorme protuberanza! Come la magona, in mezzo a' boschi, che fabbrica lamine e verghe di ferro, ella aveva, tra' capelli, una fucina di attaccamento sincero, intenso. Rammentando il sofferto, nel trovarsi in posizione viemmen dura, si figurava l'amica infelicissima, oltre ogni dire. Ed avrebbe voluto restituirle, ora, il gran servigio ricevutone; trarla, da quell'inferno, a qualunque costo, a qualunque prezzo. «Povera Radegonda! quanto deve essere infelice! come straziata da rimorsi!» Così, pensava la Ruglia-Scielzo, giudicandola da sé. Inoltre, la lettera del Salmojraghi accennava a brutalità, a maltrattamenti, a mancanze di riguardi ed indelicatezze del Della-Morte: sicché, alle angosce, prodotte dalla coscienza della propria colpa, chi sa quante altre se ne aggiungevano, nella Radegonda: quanti patemi, quante mortificazioni, quante privazioni! Per avventura, dolori materiali e corporali, eziandio. Assisterla, redimerla, era dovere, debito sacro, per chi era stata assistita e redenta, da lei.

Poi, questa relazione, con Maurizio appunto, con quel Maurizio, onde la Salmojraghi-Orsenigo aveva salvato lei, eccitava la curiosità ed, anche un po', sebbene inconsciamente, il dispetto della Ruglia-Scielzo. Siamo uomini: e (non c'è, che fare, né servirebbe il negarlo) ogni nostro sentimento è un composto, un amalgama di quelli, che addimandan buoni e nobili, e di quelli, che qualificano bassi e volgari. La Radegonda e Maurizio, amanti! Come e quando, era cominciata la pratica? forse, fin da quando, stavano entrambi, in Napoli? Forse, fin da prima, che la Radegonda diventasse confidente dell'Almerinda? E, per questo, la Radegonda aveva, forse, con tanta risolutezza, insistito, per una pronta rottura, fra la moglie del Consigliere ed il Capitano? Il zelo, dimostro, dall'ambrosiana, per l'amica partenopea, era, dunque, semplicemente, zelo interessato, per la propria passione? E Maurizio se l'era intesa, con la lombarda, per minchionar colei, cui professava di amar, tanto? E tutta la sua disperazione era stata pretta simulazione? e tutta la devozione e la morigeratezza di lei, ipocrisia schietta e mera? Ebbene, se l'amica l'aveva tradita, così turpemente (tradimento, che, del resto, le era tornato in benefizio!) essa Almerinda contraccambierebbe la insidia, con la lealtà; rimembrerebbe, sempre, le conseguenze e, mai, l'intenzione.

Replicò, subito, con quelle parole di conforto, che, soltanto, una donna può impiegare, in siffatte circostanze. Un uomo avrebbe potuto dar, solo, consigli di vendetta o di dignità; o ripetere, che

Le bruit est pour le fat, la plainte est pour le sot;

L'honnête homme trompé s'éloigne et ne dit mot.

E sarebbe stato consigliere sgradito. La Ruglia-Scielzo, invece, s'offriva, per madre, alla Clotilde, promettendo non far distinzione alcuna, fra la propria figliuoletta e la figliuola d'un'antica amica carissima, alla quale si considererebbe, sempre, indebitatissima, (senza specificar perché, ben inteso!). Cercava scusare il trascorso della Radegonda. Suggeriva mille supposizioni, per attenuarlo. *Oh n'insultez jamais une femme qui tombe!* Mallevava, per essa, che, già, pentita, forse, anzi senza forse, solo, malinteso orgoglio le vietava di buttarsi, a' piedi del marito, implorando perdono.

Gabrio, botta e risposta, scarabocchiò una controreplica. Quel dappocaccio mal comportava le molestie della vedovanza. Sarebbe passato sotto le piú dure forche caudine morali, pur di riavere, in casa, quella cara gioja. Credo, che si pentisse, finanche, nel suo secreto, d'avere osato farle qualche osservazione; e, certo, se avesse preveduto l'avvenire, non si sarebbe lasciato indurre, per nulla al mondo, ad aprir gli occhi. Meglio tenerselo, pacificamente, un buon pajo di corna, che l'aver turbata e distrutta ogni antica abitudine, ogni comodità della vita. Che stoltezza, gettare il manico, dietro la scure: meglio mezza moglie, che nessuna. Ove la supposizione delì'Almerinda fosse vera, ove la Radegonda fosse stanca della vita randagia; ebbene, egli era pronto, ad aprir le braccia e raccòr la pecorella smarrita. Ma come nutrire una tale lusinga, dopo tante pratiche di riconciliazione, tenute, da parecchie autorevoli persone, e tutte riuscite a vuoto? dove trovare una mediazione influente, che non insospettisse ed offendesse l'orgoglio della Radegonda?

L'Almerinda, a rigor di posta, si offerse per mediatrice. Disse: *Lusingarsi di esercitar qualche potere, sull'animo superbo dell'amica. Esserle debitrice, di molto. Dalla bocca sua, nulla tornerebbe amaro e sgradito. Verso di lei, la Radegonda non avrebbe ritegno, d'abbandonarsi, a' piú intimi sfoghi.* Così, continuò, per un pezzo, il carteggio; non senza un qualche picciol vantaggiuzzo, per l'erario Italiano: tante gocce d'acqua fanno un mare, tanti 0,,20 il 1,000,000,,00!

Finalmente, fu convenuto, che s'incontrerebbero, a Firenze, dove il Salmojraghi condurrebbe la figliuola Clotilde, pretestando, alla nonna, di fare un giro su' laghi. Lui, Tofano, non si mostrerebbe, all'avanguardia. Lascerebbe impegnar la battaglia, all'Almerinda: prima, sola; poi, coadjuvata dalla presenza della Clotilduccia. Lui, Menelao, la sua dignità gli vietava di porre i piedi, nel domicilio di Paride e d'Elena. Lui, Giocondo, aspetterebbe, all'albergo, che la pentita Radegonda gli si venisse a buttar, ginocchioni, ai piedi! Oh! certamente, non la lascerebbe a lungo, in quella posizion lì! Anzi, la rialzerebbe, tosto, le perdonerebbe e la riprenderebbe, generosamente, in casa, per bella e per buona. Diamine! o che l'Alatiel non fu accettata, per tale, dal Re d'Algarvia? E se alcuno osasse objettare, risponderebbe: «Dove io ho perdonato, chi ardisce giudicare?» E mille altre belle fantasie. Cosa vuol dire, il fare i conti senza l'oste!

L'oste, nel caso nostro, era la Radegonda, sempre amante, piú amante, che mai, di Maurizio Della-Morte. A torto, se volete; ma io non ho missione di giudicarne le azioni; è, già, troppa indiscretezza il raccontarle, così, corampopulo. L'amava! E sapeva, ormai, di avergli imposto l'amor suo; e non pretendeva di venir pienamente contraccambiata; e, quindi, riusciva la meno oppressiva, la piú indulgente delle *maîtresses*. Nondimeno, agli occhi di Maurizio, aveva, sempre, il torto grandissimo, di essersi imposta, intrusa; di essere una catena, un impiccio, una cosa non voluta e non desiderata, una privazione o limitazione della sua libertà individuale. Gabrio Salmojraghi, scrivendo, alla Ruglia-Scielzo, aveva, è vero, inventati lui, pe' bisogni della causa, i torti dell'ufficiale, verso sua moglie; ma aveva inventato giusto. Maltrattamenti e mancanze di riguardo eran vere. E si aggravavano, ogni giorno. E s'eran manifestati, sin da' principî della convivenza ed, anche, nelle cose, che sogliono dimostrare l'affetto. Per esempio, i doni, che, dapprima, Maurizio infliggeva, alla donna, (e che questa non osava rifiutare,) per essere di troppo valore, tornavano, quasi, un insulto; ricordavano le strenne e le mance, che si fanno, alle mantenute, che altri tiene per ostentazione, anziché i ricordi, che un cuore bennato offre, timidamente, all'amica. E l'altera della Radegonda sentissene offesa; e volle arrischiare qualche rimostranza. Ma il Della-Morte s'imbestialì, in modo, da intimidirla; ed ella tacque. Il giovine, allora, smise di offrirle checchessia. E smise anche di condurla attorno, come aveva fatto sulle prime, quasi per dare in spettacolo la sua bella conquista e trarne vanto. Il che era spiaciuto, alla donna, che, pur, non aveva ardito di opporsi, accorgendosi, che lui ci trovava gusto e che, solo in questo modo, veniva a tenerla in un certo qual pregio.

La Radegonda rimase, quasi sempre, in casa; Maurizio andò, sempre piú, a zonzo. E cominciò ad eccedere, spendendo in cavalli e, massime, poi, nel giuoco; al quale consacrava la miglior parte della nottata ed in cui faceva perdite rilevanti. Egli era agiato, ma non ricco; e, del resto, con quel vizietto del giuoco, non basterebbero le maggiori ricchezze del mondo. Mangiò l'entrate, anticipatamente: e le rimesse del fattore cominciarono a scarseggiare. I debiti si accrebbero; e gl'imbarazzi; e le cambiali, mal rinnovate e peggio pagate, con denari tolti a sempre maggiori interessi e sempre piú brevi scadenze. Dopo alcuni mesi, non fu piú l'uomo, che sopperisse, alle spese giornaliere di casa. Tutto il denaro, che Maurizio riceveva, da Napoli, precipitando la sua povera proprietà, quantunque toglieva ad usura, e parecchi biglietti di vario taglio e colore, che trovò nel portafogli, benché, secondo i conti, fatti il giorno prima, non dovessero trovarvisi; andavan, tutti, a finire sul tavolo da giuoco di non so qual *clubbe*. Perdeva, per lo piú; perché troppo sanguigno, impaziente e cavalleresco, al giuoco. E, se, per caso, guadagnava, il guadagno della notte scialacquavasi, in parte, il domani, in istravizzi, co' suoi nuovi amici, e la maggior parte riperdevasi al macao.

Ebbene, della sua sventura al giuoco, del patrimonio, che sfumava, della stessa sua condotta indelicata, agli occhi suoi, non aveva colpa se non la Radegonda. A lei, faceva scontare il malumore. Quella gentile era l'irco emissario. La chiamava *jettatrice*, lei, ch'era usa, a sentirsi dire, di portar, sempre, fortuna. Per gli *amici*, (forse, bari,) che lo spogliavano al giuoco, affabilità, senza pari; al circolo, sorriso e spensieratezza. Ma, rincasandosi, un palmo di muso; ma, per lei, una mutria spaventosa. La meschina non osava coricarsi, finché il suo diletto non fosse tornato; eppure, le ebbe a costar caro, piú di una volta, di averlo aspettato, agucchiando o leggicchiando. Il carattere di Maurizio si guastava. Financo il vino, che, prima, soleva renderlo brioso e spiritoso, ora, invece, lo esaltava e rendeva brutale. E, pur troppo, ho a dirlo? il vicinato suppose, da certi lamenti sommessi, dal volto pallido, dagli occhi cerchiati della signora; fu supposto, veh! argomentato, solo, perch'ella nulla disse, mai, né di questo né d'altro; fu supposto, che il Della-Morte avesse potuto, nefandamente, trascorrere, sino a percuoterla. Ed io non vo' crederlo: sarebbe stata un'infamia inutile. A che proposito, poi, toccarla? Bastava una minaccia, per farla piú arrendevole d'un guanto. Infatti, un giorno, ch'ella arrischiò, azzardò, avventurò non so qual rimostranza, le toccò d'udirsi rispondere, che: *Se era nojata, di starsene, con lui, Maurizio, egli non la tratteneva! Tornasse nella casa conjugale; cedesse alle insistenze, alla ressa del marito: padronissima! Ma, se e finché bramava star seco, ricordasse bene, ch'egli non tollererebbe, mai e, poi, mai, assolutamente mai, che una femmina, che una dama gli dettasse la legge. Per que' vilacchioni effeminati di franzesi, l'amante è la padrona (MAITRESSE); ma lui, intendeva essere il padrone, lui! Dunque, non rimproveri, non osservazioni, non consigli. No, no; mille volte no. Questo, mai. Bisognava accettarlo, com'era; tanto, non obbligava nessuna, ad eccettarlo.* A tali parole minacciose, gravide di ripudio, era caduta ogni baldanza dall'animo della donna, disposta a soffrire e sacrificar tutto, pure di esser sua.

Del rimanente, è un'esperienza fatta, che le busse nonché alienarci gli animi femminili, ce li ribadiscono, quasi che ogni mazzata conficchi loro un chiodo, in corpo. Si vede e si nota, meglio, in quelle femmine, che, piú brutalmente, ossia naturalmente, vivono; nelle quali la belva, non è domita, né cicurita: nelle meretrici, per esempio. Esse (false, lusinghiere, spietate, con chiunque è loro gentile e largo), prodigano, gratuitamente, le carezze, profondono il denaro lucrato ed il tempo (che, per loro, soprattutto, è denaro) ad un ganzo, che le percote e le strapazza. Questo è il fatto, la ragione non so Che sia generosità? Che sia, come dice un verseggiatore, un contraccambio di bene per male?

.....je ne sais pourquoi.

Ceux qui m'ont fait du mal ont tant d'attrait pour moi!

Che sia quella medesima vertiginosa attrattiva, che ogni pericolo, ogni cosa nociva esercita su di noi? Che sia il piacere di sentirsi dominato, soverchiato, annichilato, di dover chinar la fronte sotto il nerbo di un braccio robusto? Anche i popoli sogliono amare e venerar, piú, que' principi, che, selvaggiamente, l'infrenano.

Se, quindi, come corse voce, il sor Capitano trascorse a percuotere la signora, che avea seco, fece atto non solo infame, ma dissennato, che andava contro al suo intento aperto. La donna, invece di allontanarsi da lui, gli fu, maggiormente e piú pienamente, devota. Ella aveva scelto; aveva fissa, in lui, la mente, e non concepiva, neppure, la possibilità di mutar pensiero. «Oh bella – dirà la signoria del lettore – ma se aveva, già, mutato una volta! o non aveva lasciato il marito per lui?» Sì! il marito! Il marito non conta. Il marito non è un amante, è un altro genere di relazione. E, poi, che aveva preso marito, sapendo quel, che si facesse? oppure fanciulla, inesperta, indotta, ignara? Non è, mica, l'imprudente parola, detta a diciotto o vent'anni, ma la seria e parola grave, profferita in età matura, che bisogna considerare.

Un giorno, giunsero due o tre dispacci telegrafici, da Napoli, al Della-Morte. E bisogna dire, ch'e' li aspettasse, giacché rimase in casa, tutto il giorno, preoccupato, uscendo, solo, quando ne riceveva uno, per andarne, sino al palazzo Riccardi, al telegrafo, e rispondervi.

La signora si perturbò di questa corrispondenza; ma egli aveva il viso tanto burbero, mamma mia! che nessuno avrebbe osato fargli domanda alcuna. Finalmente, verso sera, dopo un ultimo telegramma, (che lesse, con dispetto, e gettò lacerato, in un cantuccio) Maurizio, a lagnarsi, che il pranzo non fosse, anco, pronto; e dicendo, che desinerebbe al Doney, uscì, tutto impensierito ed annuvolato. La Radegonda corse, a raccattare il telegramma malconcio. Ravvicinati, con molto studio, i brandelli, così da poter leggere il testo, vide, con somma sua gioja, che non era spedito dall'Almerinda, che non vi si trattava di lei. E questo le fu gioja, e pace. Giacché (bisogna, pur, dirlo) era gelosa, sempre, di quella memoria; paurosa, che non risorgesse vittrice, nella mente dell'amico suo. Pure, il telegramma non conteneva liete notizie: e, sebbene mezzo in gergo, la Salmojraghi-Orsenigo capì benissimo, l'agente di Maurizio rispondergli di non potere, in alcun modo, mandare la somma, urgentemente, richiesta: impossibile, impossibile. La Radegonda entrò nello spogliatojo di Maurizio: si dié a rovistar dappertutto, a rimuginar ogni cosa: e, parte, nelle tasche del soprabito, parte, nello scrittojo, trovò gli altri telegrammi dell'agente e le minute di quelli, co' quali il Della-Morte richiedeva l'invio sollecito, immediato, di lire diecimila. Sicuro: le gli occorrevano, urgentemente, per pagare una perdita, fatta al giuoco. Ma come raccapezzar diecimila lire, in ventiquattro ore, quando, non si ha, neppure, credito?

La Radegonda, però, aveva il mezzo. Senza nemmanco pranzare, mise, in fretta, un abito, prese un fiàcchere e si fece condurre, dal suo banchiere: ch'era un David Mondolfo, ricco ebreo triestino, fatto conte in Italia, a patto di dar cinquantamila lire, per opere di beneficenza. La donna nol cercò al banco, perché chiuso, a quell'ora; anzi, direttamente, in casa, in via, già, del Cocomero, che, ora, da un sinonimo, si chiama Ricasoli. Gli chiese le diecimila lire, su' titoli di rendita, che gli presentava, dicendo d'averne bisogno urgente. Ma, le diecimila lire, il banchiere non le aveva, lì, in casa; prese i titoli e promise di farle ricapitare il denaro, nella giornata seguente, anzi di buon'ora.

Lasciato il banchiere, la Radegonda s'incamminò, a piedi, verso Via Nazionale, dove tornava, con la veletta calata sul volto; quando, tutt'a un tratto, in Via Cerretani, un suono di voci, troppo a lei note, la fece trasalir tutta. Innanzi a lei, camminava un signore, dando di braccio ad una signora; e non le bisognò piú d'un'occhiata, per ravvisare la signora Almerinda Ruglia-Scielzo ed il proprio marito, signor Gabrio Salmojraghi. Fermò, subito, il passo, per frapporre maggior distanza, fra la coppia importuna e sé; e, poi, mutando strada, tornò, rapidamente, a casa, trafelata, indispettita, gelosa. Come, mai, que' due, lì? insieme? Cosa volevano? Che avessero concluso una lega offensiva e difensiva, per toglierle il suo Maurizio? A lei, pareva di averlo comperato, caro, abbastanza, perché, ormai, glielo lasciassero, in santa pace e senza contrasto di sorta. Ella era pronta, a sottostare, a qualunque condizione, purché le si lasciasse quel possesso indisputato. Sottostava a' maltrattamenti; si rassegnava, a non vederlo, se non poco e fosco, come il giuoco gliel concedeva. Volete di piú? Ebbene, sì, avrebbe permesso, tollerato, anche, qualunque scappuccio, con una femmina da conio; ma quel, che non poteva, in guisa alcuna, ammettere, si era, ch'egli riappiccasse, con l'antica fiamma. Questo, poi, no! Ed, ora, la preoccupazione dell'amico le sembrava aver dovuto esser, almeno in parte, cagionata, anche, dal sapere l'Almerinda in Firenze, dall'averla, probabilmente, vista e, chi sa? forse, anche, intrattenuta. La fantasia creava mille tormenti, a lei poveretta. Non toccò cibo; e, perplessa, turbata, aspettò, con ansia insolita, il tardo ritorno dell'uffiziale, che l'immaginazione le rappresentava allato all'Almerinda.

Egli non fu in casa, se non lunga pezza dopo la mezzanotte; forse, piú stizzoso dell'usato. Ed ella, dimenticando la prudenza solita, scelse, appunto, quella sera e quel momento, per chiedergli con insistenza, con ressa, con improntitudine, onde, onde venisse? e come e dove avesse spesa la serata?

«Dove sei stato?»

«In qualche parte».

«Ma dove, dove?»

«Che t'importa?»

«Voglio saperlo!»

«Voglio, voglio! E s'io non volessi dirtelo?»

«Oh, stavolta, dovrai parlare!...»

Maurizio aggrotta le ciglia; e zufola l'inno reale: *larà, larà, larà, lallarà, lallallalà!*

La Radegonda, accecata, dalla gelosia, e scorgendo, in quel silenzio, la conferma del sospetto suo, insiste. Ed arrischia qualche lamento, sull'abbandono, in cui vien lasciata, per correre, *chi sa dove! chi sa da chi!* Si lagna della freddezza, della noncuranza, che le vien dimostra: in modo mite sì, cansando ogni parola acerba, ma i rimproveri sogliono essere tanto piú crudeli, quanto piú sono, moderatamente, espressi; fanno piú colpo. La sciabola taglia, accarezzando, non percotendo. Ahimé! con le disposizioni d'animo, che il signorino nutriva per lei, e col malumore speciale, in cui l'immergevano gl'imbarazzi momentanei suoi, que' rimproveri potevano soltanto inasprirlo.

«Oh, oh! son chiamato, a render conto della mia condotta, pare! Sarò ridiventato bimbo, che tu stimi facile di governarmi, a tua posta? Già, io, certe inquisizioni non le tolleravo, neppur, da bimbo! neppure, da mia madre, che è mia madre ed una santa donna! Assolutamente, mi vorresti per tuo servo umilissimo, neh? Sbagli, sbagli, sbagli, carina! Chi la tira, la spezza. Libertà reciproca. Io so, che tu sei uscita, oggi; ebbene, chieggo, forse, dove sei andata, eh?»

«Ma io...»

«Ma tu m'impastocchieresti una frottola. Io non son femmina, per saper fingere e mentire. Io fo quel, che m'accomoda; vo, dove m'aggrada. Se avessi inteso darmi una padrona, vincolarmi, avrei tolto moglie. Maledetta l'ora!...»

Queste parolacce eran piú borbottate, che dette; borbottate, smozzicatamente, fra' denti. La pusillanime Radegonda ne indovinava, così, in confuso, in grosso, l'intenzione minacciosa e maligna, piú che non ne comprendesse il senso preciso. Afflitta e sbigottita d'averlo irritato, scusandolo, già, (e, veramente l'attenuante saltava agli occhi ed... al naso: gli era ebbro!) cercò rabbonacciarlo, con soavi parole. Fu peggio. «Già; già; sei piú furba tu!... *sublola* e *volpina*, come dice il Garibaldi de' preti. Credi racconciar tutto, con due parolette lusinghiere. Quando le minacce non approdano, allora, t'appigli alle seccature, alle lusinghe... Ma devi credermi, dunque, ben dappoco? Ed io ti ripeto, che la sbagli, la sbagli; ch'io cavezze non ne accetto, da nessuna. So di avere, pur troppo, obblighi, verso di te; li soddisfo, mi pare. Ma t'inganni a partito, se stimi, che io possa ammettere, d'esserti venduto; t'inganni, t'inganni, t'inganni».

La Radegonda, avvilita, taceva, lo lasciava sfogare. Peggio che mai. «Perché non rispondi? perché t'ingegni di occultarmi il tuo pensiero? Fai la mummia greca, la gatta morta eh? Falsa, che non sei altro! Oh sai dissimulare, a meraviglia, gli unghioni! Chi non ti conoscesse, come fo io!... Con me, persuaditi, le astuzie riescon poco. Hai potuto farmi fare l'insigne corbelleria di rapirti; ma non puoi vantarti, ch'io mi sia illuso un istante....»

La misera donna, offesa, in tal forma, diè in lacrime dirotte, le quali rinfocolarono l'ira dell'ubbriaco: «Già vojaltre femmine, sempre, lacrime, pronte al vostro comando! Lacrime, quante se ne vogliono! Le vi costan poco. Sempre, che vi accomoda, lì, mano alla tromba, ed un fiume di pianto. Animali senza ragione, ma con piú malizia e cattiveria della serpe. Che il diavolo si porti quel Dio, che v'ha create! E questa fontana di Trevi cosa significa, mo? Che t'ho fatto qualche gran male? che t'avessi percossa? Uaff! ebbene, quando la finisci?»

Ella rispose: «Mi hai fatto del male, Maurizio; senza volere, senza sapere e piú, che tu non possa immaginare, Maurizio mio. Una tua parola acerba mi uccide; massime, quando so di non meritarla, davvero».

Con la mansuetudine, non si mansuefanno le belve; o, se pure qualche animale bruto, non la belva uomo.

«Vale a dire, ch'io sono un matto capriccioso? Chi sa, pretenderesti, forse, anche, di spacciarmi per ubriaco? Mia signora, signora mia, un damerino di Milano io non sono: io sono un soldato, un rozzo soldato. La lo sa. Da me, non pretenda né riguardi premurosi, né ch'io spenda, quanto un banchiere. È inutile il rinfacciarmelo. Stava meglio, prima? Lei sa bene, ch'io non sono stato, io, quegli, che la ha esortata a lasciare il rispettabilissimo signor Gabrio...»

«Maurizio!»

«Che altro c'è, adesso? Non si può mentovare il nome di quel tuo marito, senza che ti rannuvoli, tutta? Che altra commedia è questa?»

«Te ne ho ripregato le mille volte... L'ho lasciato, per te... Il farei, di nuovo... Ma perché insultarlo? È un onest'uomo... Mi amava... Abbiamo convissuto anni... Non c'è ragione d'odio... Tutti i torti son miei... È il padre di mia figlia...»

«Proprio? proprio lui? proprio?»

Ma non ho coraggio di riprodurre, piú oltre, questa brutta scena. Sono istorico: ma v'ha luoghi, nella istoria, in cui l'istoriografo abbrevia, mosso da schifo e ribrezzo. Non voglio dire ned investigare, come la finisse; se Maurizio percotesse la Radegonda, oppur no, quella sera: che aggiunge un atto manuale, a cotà' parole? «Oh parlava il vino!» Sòmmelo. Ma siamo stati ubbriachi, anch'io, qualche volta, e Lei, forse, spesso, m'immagino, caro lettore; e non abbiamo, mai, mancato di rispetto, a una donna. Non avremmo offeso l'ultima delle cortigiane, non ché tale, cui dovessimo gratitudine.

XIX

La dimane, quando il Della-Morte si riscosse, rammentandosi, così, in confuso, le peripezie della notte, rammentandosi le brutali offese, inflitte alla sua compagna, la crudità e la crudeltà, con la quale aveva manifestata la noja, che provava per lei, fu compunto e raumiliato. Se in lui, non v'era, piú, e, forse, non v'era, mai, stato alcun senso d'amore, ogni senso di pudore non era, però, ancora, estinto, del tutto. Sentendola levata, nella stanza contigua (e, può darsi, che la non fosse entrata in letto, per quella notte), la chiamò, a sé, con tutta la voce, tuttora, alterata, dalla crapula della sera antecedente. La Radegonda, che aveva assunto, come un piacere, di rendergli alcuni servigiuoli, venne, lentamente, con gli occhi cerchiati, a recargli il caffè. E deposto il vassoino, con la chicchera e la zuccheriera, sul comodino, voleva allontanarsi. Egli nol sofferse; e l'attirò a sé. Ella stava contegnosa; e domandò:

«Vuoi altro?»

«Senti!...» rispose, Maurizio. E l'obbligò, ad aggomitarsi sul letto; e la guardò fiso.

Lasciava fare, ma stava sulle sue. Il bellissimo volto era pallido, squallido. Vi si leggevan le tracce degli strazi. Vi scorgevi dipinta una mestizia profonda, come in chi dispera trovar rimedio, alla propria sventura. Maurizio le teneva strette le braccia, con le due mani; e le chiese: *che gli perdonasse, che dimenticasse quantunque egli aveva, inconsciamente, detto o fatto, il giorno prima.* Gliel chiese, con insistenza, con accento sincero. E la donna proruppe in lacrime soavissime: loro, sempre, dall'irrigazione cominciano! E svincolandosi, gli buttò le braccia amorose al collo. E si strinse, al seno, e tempestò, di baci ardenti, quel capo diletto, ringraziando il giovane, di quell'atto di bontà, come se fosse stato non cosa debita a lei, anzi una mera degnazione di lui. Lo scongiurava: *di non accorarsi, per tanto poco.* Si accusava: *di averlo, stoltamente, irritato e contraddetto, mentr'egli tornava, a casa, stanco e bisognoso di riposo.* Assumeva tutta la colpa del diverbio. Uàh! uàh! Maurizio s'intenerì, anch'egli. Col capo, stretto, a quel seno mollissimo ed appena coperto; accarezzato, baciato... come non provare, se non altro, una secreta compiacenza, nel vedersi tanta potenza assoluta, illimitata, su di una donna bella ed invidiatagli da molti e che, in somma, poi, s'era precipitata per lui? E non c'era, che dire! Egli aveva coscienza d'essere il primo, checché avesse bestemmiato nell'ubbriachezza. Aveva il convincimento, che quella donna era passata, dalle braccia del marito alle sue, vergine d'ogni altro contatto virile. Ora, secondo le regole del mondo galante, il marito non conta, tutti il sanno.

Come doveva conchiudersi una scena tenera siffatta, posti siffatti antecedenti? Ben so, come io l'avrei conchiusa io. Ma non posso dirvi e precisare cosa facesse il Della-Morte, perché, già, non ero in camera, lì, presente; e, se ci fossi stato, già, me ne sarei andato, vicino alla finestra, a guardare, attraverso l'impannata, i soldati, che passavano per istrada, tanto per non disturbare que' due e non crepare d'invidia e gelosia. Ma so, che il caffè era sceso al disotto della temperatura dell'aria ambiente, quando Maurizio pensò a berlo. Convenne riscaldarlo; e, poi, lui e la Radegonda sel sorbillarono, a sorsellini, a centellini, insieme, dall'unica e sola tazza... Tazza, che facea parte d'un servizio di porcellana dell'antica fabbrica reale di Capodimonte ... una bellezza! un amore! Ah di quella porcellana non se ne impasta, piú! di que' disegni non se ne indovinan, piú! di quelle sagome non se ne azzeccan, piú! nella Italia nostra, a dì nostri, paga e superba della fabbrica Ginori!... Lo studio de' Principi divenne industria di speculatori!

In quella, sopraggiunse la posta. E la Salmojraghi poté osservare, come, nel leggere una lettera, col bollo postale di Napoli, la fronte di Maurizio si corrugasse; e com'e' la posasse, sul comodino, con un fare dispettoso. Gli si rifece, carezzevole, intorno. Ma il giovane era preoccupato; e rispondeva, monosillabicamente.

«Maurizio?»

«Di'».

«Dammi retta; ho da chiederti un favore».

«Sto a sentire».

«Ma non m'hai da dire: *No!*»

«Se posso, figurati!»

«Giuramelo».

«Sì, sì!»

«Ma guardami, in faccia! Senti! Metti, là, quel giornale. Io non posso parlare, ad uno, che legge».

«Oh! di' presto quel, che hai da dire!»

«Ecco... No, vedi qua!... Ma non l'hai da prendere in mala parte?»

«No, no».

«In questi ultimi giorni, ti ho visto turbato, afflitto, soprappensieri. Io non ardivo chiederti, che fosse; perché ti dispiacciono le domande, il so. Ma immagina quanto soffrissi! Pensava, tutto il giorno, cosa, mai, tu potessi avere?»

«Niente».

«Niente è troppo poco! In coscìenza, proprio, niente? Non rispondi?»

«Cosa vuoi dire? Avrò avuto mal di capo».

«Io, invece, ho supposto... Ma non prenderti collera, vedi... Sapendo, che ti diverti, a giocare, un po'... Eh, tante volte si perde! È naturale, non si può vincer sempre... Anzi, ho caro, che tu perda, l'ho caro».

«Ma grazie tanto!»

«Oh, tu capisci!... fa brutto, vedere uno, che guadagna, spesso, al giuoco... S'intascheranno quattrini, ma si scapita dall'altro... Ieri, uscii un istante, senza dirtelo, per andare fino al banco del Mondolfo... Ecco, perché non osava dichiarartelo: vedi, se avevi torto di sospettarmi?»

«Io non ti ho, mai, sospettata...» interruppe, ingenuamente, il giovane.

«Sì, che hai! E te ne so grado. Chi ama è geloso! Il veggo, in me; e lo scuso, negli altri. Insomma, se vuoi, proprio, farmi un favore, un gran favore, di cui ti sarò, eternamente, grata; se vuoi vedermi felice, davvero, e mettere il colmo alla bontà, che mi dimostri, stamane: fammi questa grazia, di servirti, pel momento, di quest'inezia mia, finché avrai avuto rimesse da Napoli, finché t'accomoda. Me lo fai, il favore?»

Il Della-Morte si era fatto rosso, in volto, come un peperone, come un pomidoro, come un papavero, come un rosolaccio, via! Ci vuole tempo e pratica lunga, per assuefarcisi, alle porcherie; e, ne' costumi nostri, è porcheria l'accettar quattrini dalla ganza. Veramente, adesso, lasciava spendere lei, pel mantenimento di casa. Ma altro è il tollerare, che si spenda, per noi, altro il ricever bezzi, *brevi manu*. E, poi, non ci avea, mai, pensato su. E, poi, ripenso, che, a volte, esaminando il portabiglietti, vi avea trovato assai piú, assai piú di quanto reputava dovervisi contenere; e l'offerta della Salmojraghi gli additava, ora, l'origine del supero. Né la donna, stavolta, avrebbe preso questa via piú aperta, se non avesse riflettuto non esserci persona al mondo, che possa persuadersi di aver dimenticato diecimila lire, nella tasca del taccuino, massime quando è disperata, da tre giorni, per non potersele procacciare, in modo alcuno. Tacquero, entrambi, un pezzo. Maurizio, era, lì lì, per accettare; ma, poi, non sapeva risolversi. Prender denaro, da una donna! Prender denaro, da quella donna! Già, sarebbe stato un esautorarsi! e se si fosse risaputo? Eppure, il bisogno urgeva; né la mente sapeva suggerirgli alcuna delle transazioni gesuitiche, con le quali coonestiamo e scusiamo, agli occhi nostri stessi, le turpitudini. Finalmente, le disse: «Questo volevi, da me?»

«Questo. Hai promesso!» rispose la Radegonda, con un cotal suo vezzo supplichevole, giuliva di avere spuntato l'impegno. A chi l'avesse amata, sarebbe stato di assoluta impossibilità di rifiutarle checchessia, richiestone con tanta leggiadria. Ma tanta grazia era sprecata, col Della-Morte, che l'aveva, come dicono volgarmente, su'... Ma no, non so risolvermi, a scriver la parolaccia: supplisca il lettore. E cominciò, a borbottare:

«Ho promesso, ho promesso! Cioè... bisogna vedere... Senza sapere, che mi promettessi. Del resto, se' in errore. Io non ho nessun impegno urgente..., cui non possa riparare».

«Maurizio, fammi il favore di guardarmi, un po', fiso fiso, senz'arrossire!»

«Ecco qua, ti guardo. E poi»

«Maurizio, quest'è una bugiaccia!»

«T'assicuro... Sull'onor mio...»

«No, no, non dire! Senti, non andare in collera, ma... Soffriva tanto, nel vederti turbato, ieri... Ho raccattato il telegramma, che stracciasti: e... Tu hai tanta indulgenza meco... Son tua, in fin de' conti!... Ho letto anche, gli altri, che erano sullo scrittojo. Mi perdoni, di'? mi perdoni? In somma t'appartengo! Che te ne penta o no, s'anco ti rincrescesse» poveretta, diceva così sorridendo, non sapendo di dir, tanto, vero! «s'anco ne fossi pentito, m'hai presa. Conviviamo. E mi sembra di avere il dritto di vigilare, anch'io, sull'onor... nostro. Hai debiti di giuoco? Pagali, con questi. Te ne abbisognano altri? Li procacceremo. E tu, persuaditi, di rendermi felice, accettando... Dimostrami di volermi bene, col non far differenza fra le cose mie e le tue».

«Ma no, senti, in coscienza, pel momento, pel momento, non mi occorre nulla. Per le diecimila lire, perdute al macao, con Bista Barberinucci, sai? ho sottoscritto una cambiale. Lui è tanto gentile! un perfetto gentiluomo! E, quando scadrà, mi sarà giunto il denaro da Napoli. Sicché, vedi...»

«E, se te ne occorresse altro? E se, allora, non giungesse?»

«Ebbene, allora, verrò da te; e me lo presterai tu. Sei contenta?»

«Mel prometti?»

«A patto, che non toccherai, piú, le mie carte».

«Purché tu non mi nasconda a tuoi pensieri! Io non voglio essere trattata, come una estranea, cui non si dice nulla, io!» disse la donnetta, avventurando, come scherzo, il rimprovero; e sorridendo del rovello, che la martoriava. Maurizio, dopo non molto, uscì. A dirla, la offerta della signora il cavava d'un grande impiccio: perché il fattore gli aveva, appunto, scritto, dell'impossibilità di procacciargli, comechessia, la somma richiesta. Ora, sapeva, che gli basterebbe fare il preoccupato, un quarto d'ora, allo avvicinarsi della scadenza perché, immediatamente, la donna venisse, a supplicarlo e scongiurarlo, con la piú calda ressa e soave, di accettare la sommetta. Si farebbe, allora, pregare, un tantino; e, poi, *per farle piacere*, intascherebbe i *quibus*. Così transigerebbe, alla meglio, col proprio decoro. Ebbe', come s'ha a fare? Quando s'ha bisogno, hai voglia, sfumano gli scrupoli!... Epperò, i pedanti consigliano di non aver bisogni troppi e turpi.

XX

La Radegonda, rimasta sola, era, ancor, tutta ebbra dalla consolazione, arrecatale, dalle dimostrazioni d'affetto dell'amico suo diletto, quando picchiarono, all'uscio. E la domestica, una certa Clorinda, (grassoccia, belloccia, cui Maurizio dava pizzicotti, nelle parti carnose, e che nol ridiceva alla padrona,) venne, ad annunziarle, che una forestiera chiedeva di lei.

«Di me? Bada, avrà sbagliato».

«Se ha dimandato, proprio, della signora Salmojraghi».

«Sarà la sarta».

«Chêh! l'è, propio, una signora».

57

«Salmojraghi! Io non voglio esser chiamata, piú, così. Io mi chiamo Orsenigo. L'altro nome è un'offesa ed un'usurpazione. Ma chi potrà essere questa signora? Sto così sciatta! Non mi sono, neppur, pettinata. Prima, quando usavano gli scialli, che beatitudine! Bastava buttarsene, addosso, uno, per coprire qualunque disordine di toletta. Ora, è una disperazione. Basta! così, mi pare di potermi presentare, senza troppa indecenza». S'era ravviati i capelli, in fretta, in fretta, con un pettinino; aveva stretti i nastri e composto le pieghe del camice; ed entrò in salotto .

Chi l'aspettava, quella signora, era la Ruglia-Scielzo. Che le buttò, subito, le braccia al collo; e, quasi piangendo, ripeteva: «Radegonda, Radegonda mia, cara, non mi riconosci?»

«Almerinda!» esclamò la Salmojraghi-Orsenigo, sorpresa e dolente.

«Sì! l'Almerinda tua. L'Almerinda, che ti deve e ti ama tanto; ed, alla quale, non hai piú scritto, tu, obliviosa».

«Ma come hai risaputo, che io torno, qui?»

«Ho chiesto; mi sono informata! Vengo, apposta, da Napoli, per abbracciarti. Io non mi voglio trascurata, da te».

«Ma, dimmi: sai, ch'io son divisa, da mio marito?»

«So!» Qui, una breve pausa. «Tuo marito, anch'egli, è qui; lo ho rivisto stamane. Lui mi ha detto, dove alloggiavi».

«Ah, dunque, non isbagliai, iersera, in via Cerretani. Ma... ti ha detto... ch'io non istò sola?»

«Io l'ho saputo... a Napoli».

«E... sai con chi sto?»

«So tutto, tutto, Radegonda. So, pure, che hai dovuto soffrir, molto. E so, che, a me, non si spetta il giudicare. E so, che, altra volta, io era, quasi, nella stessa condizione, in cui vivi tu, al presente; e, che, senza il tuo consiglio, senza la mano pietosa, che m'hai porta...»

«No, lascia... Non parliamo del passato, Almerinda».

«Con te, posso parlarne: tu sai quel, che tutti ignorano. Tu m'hai sovvenuta, nel momento difficile; tu m'hai sollevata, dalla abiezione: tu, indulgente; tu, operosa; tu, piú che madre, piú che sorella. A te, debbo la pace dell'animo; e di sperare, ancora, nella vita eterna; e di abbracciare i figliuoli, senza strazio. L'esempio tuo mi compunse, ruppe il mio orgoglio. La vista dell'ingenua e piena felicità...»

«Almerinda, io te ne scongiuro, non riparlarmi del passato!»

«A te, debbo parlarne. Ecco, le parti sono mutate. Eccomi felice, in grazia tua; e la tapina, adesso, se' tu. Mi avevi redenta; e sei precipitata. Ebbene, tocca, ora, a me, spetta, alla beneficata, di venirne, sull'orlo del baratro, e porgerti la mano e fare quanto è, umanamente, possibile, perché tu n'esca. Coraggio, Radegonda! Coraggio!»

«Pensi tu, ch'io ne difetti? Sai, che mia madre era bresciana? Una Averoldi!»

«Ti manca, forse, la risoluzione di adoperarlo, il coraggio. Io mel so, pure, che, taluni vincoli, una non sa risolversi a romperli, a secco...»

«Oh, io, come vedi, ho rotto, a secco... molti legami, senza esitare».

«Povera Radegonda, quanto hai dovuto soffrire!»

«Meno, ch'io non credessî».

«Tuo marito, la figliuola: lasciarli, per sempre!»

«Sì, ma seguendo l'uomo, che amo. Credimi, Almerinda; io mi stimo beata, d'avergli potuto sacrificar qualcosa, che testimoniasse, in parte, dell'immenso affetto mio».

«Quel povero signor Gabrio! Ti voleva, ti vuol tanto bene, lui! È rimasto inconsolabile!»

«Poveruomo!»

«E quella povera Clotilde! Cresce, abbandonata, così, senza madre, come un'orfana!»

«Mamma Teresa la sorveglia; e me ne scrive».

«Ma tua nonna è vecchia, vecchia tanto!... Rimarrà, poi, affidata a cure mercenarie; ed in posizione falsa. E la separazione de' genitori sarà di ostacolo, al suo buon collocamento. Conosci il mondo: tua figlia sconterà, per te!»

«Povera figliuola mia!»

«Ma come, dimmi, come t'è bastato l'animo, di rinunziare, alla voluttà di vederla, di baciarla, di guidarla, di proteggerla, di accudirla, d'istruirla, di educarla? Rinunziare, a vedertela entrare, ogni mattina, in camera? Rinunziare, a vederla crescere in istatura, in bellezza; e divenirti amica fidata e secura, dopo esserti stata discepola? Rinunziare, a rivivere, meglio, in lei? Se, domani, tolga il cielo, si ammalasse, non puoi sederti, accanto al suo letto, vegliarla tu, badare tu, che nulla manchi! Dovrai chiederne le notizie, come un'estranea, da lontano! Radegonda mia, cos'hai fatto?»

«Vedi, quali sacrifizî ho incontrato! Sei crudele di ricordarmeli, di forzarmi a piangere!»

«E, per chi, tanti sacrifizî? Per un uomo, che non te ne sa, neppur, grado; che non capisce, che non apprezza...»

«Almerinda!»

«Per un uomo, indegno di te, avanzo di mille amorazzi e di mille crapule. E tu fai numero, nel cuor suo!»

«Almerinda, io l'amo».

«Per un giocatore, che vive, alle spalle tue; che tu mantieni...»

C'era poca politica, nell'attaccar Maurizio, così, pochissima. Una Signora dispregerà, fors'anche, il drudo, nel suo secreto; ma non converrà, mai, con altre, di questo disprezzo. L'indegnità dell'amante sarebbe vergogna sua: chi pone il core in basso loco, non si crede averlo di alta natura. La Salmojraghi-Orsenigo si fe' livida; e sclamò, precipitosamente:

«Almerinda, smetti. Punto e basta! Io l'amo. Smettila, con le calunnie; o crederò, che tu parli per invidia e gelosia».

«Credi tu quel, che piú t'aggrada! Interpreta male l'opera mia! Frantendimi! Son, qui, per compiere un dovere, pagando un debito di riconoscenza. Sono venuta, qui, di lontano, perché ti amo: perché s'è creduto, sperato, che la parola mia valesse, a farti ricredere, sul conto del seduttore...»

«Nossignora; nessuno mi ha sedotta. Ned io son tale, da lasciarmi sedurre, io. Me gli son data, me gli sono offerta, io, sponneamente, perché l'amava. E, se vuoi saper tutto, l'ho amato, da quel giorno, in cui, a Napoli, da lui, l'ho visto soffrir tanto ed egli dovette credermi sua nemica».

«Sì, amore! Cara te, inorpella, con quante belle parole vuoi, il vizio, sempre quello è. Scusati, con un accesso di pazzia: e va bene! Ma non può darsi amore, dove non è virtú, dove non è conformità alla legge divina. Il dico, pel mio passato, come pel tuo presente. Eppure, vedi, io era, forse, piú scusabile, piú compatibile, almeno. Era piú giovane! sai, che marito avessi!... L'esempio terribile, che tu hai sortito, in me, avrebbe dovuto esserti d'insegnamento. E, poi, questo signor Della-Morte, allora, poteva, forse, aver qualche prestigio, allora. Giovane, franco, ardito, onesto, coraggioso, puntiglioso, prometteva. Ora, è maturo e divenuto... che? cos'han mantenuto le promesse? Dimmelo tu! Da quel bozzolo misterioso, cos'è sfarfallato? Un giocatore, un beone, un perturbatore di famiglie. Egoista, che, per misera soddisfazione di libidine e forse, soltanto, di amor proprio, ti ha rapita e resa, in perpetuo, infelice. Vedrai: sarà obbligato a dar le dimissioni o passerà per qualche consiglio di disciplina; quest'uomo, che, mantenuto da te, non se ne vergogna, neppure, che ti tratta brutalmente...»

Il ritratto non era lusinghiero: ci aveva molta somiglianza, ma dell'esagerato, anche, e del falso, in buon dato. La Salmojraghi-Orsenigo si drizzò stizzita, come serpe calpesta.

«Niente di vero, in quanto blateri. Il Salmojraghi parla, per bocca tua. Chi sta a sentire i mariti, sul conto degli amanti de le mogli? Mi son'io lagnata, io? Segno, che vivo contenta e beata. S'io mi credessi indegnamente trattata, male apprezzata, cosa mi obbligherebbe, a starmene, con esso lui? Nulla, al mondo, potrebbe obbligarmici. Io non gli sono vincolata, se non dalla mia volontà, dalla stima, dall'affetto...»

La Ruglia-Scielzo si avventurò a proporre una pregiudiziale, della quale s'è, troppo, abusato: «Ma, se una mal concetta passione ti fa velo all'intelletto!...»

In una discussione sulla condizione delle proprie facoltà mentali, la Salmojraghi-Orsenigo non ci si volle impelagare. Anzi, proseguì, con impeto, sempre, crescente: «E dato e non concesso... Mettiamo pure, che Maurizio, quel Maurizio, che tu hai, pure, amato, non tenendo le promesse della prima gioventú, ci riuscisse minore dell'aspettazione... Voglio anche dire, che fosse divenuto, quale tu mel descrivi, il che non è, mica, non è... Benone, che, poi? Cosa inferirne? Chi mantiene, nell'età provetta, le promesse de' primi anni? In quale albero, tutti i fiori dàn frutto? E bada, bada! Spetta, forse, a te, il rimproverarlo? Chi l'avrebbe, moralmente, ucciso? Non tu, forse? Egli ti amava, ti ama, ancora, pur troppo; con quanta invidiata perseveranza! Il tuo nome basta a farlo impallidire...»

La voce della Salmojraghi-Orsenigo s'era ita indebolendo; e parlava, ora, basso, rivelando la piaga sanguinolenta di gelosia retrospettiva, che la infelicitava. Ma, qui, scattò la Ruglia-Scielzo: cui, ora, il solo pensiero d'un legame impuro destava nausea, non che sdegno. Ed esclamò, con voce tremante di collera e di ribrezzo: «Questi desiderî infami, che tu chiami amore, profanando la parola, son, per me, ora, insulto».

Ma la Radegonda non credo avvertisse, nemmanco, l'interruzione.

«Ti amava, te, dal profondo del cuore. E come ne hai rimeritato l'affetto? dimmi? Spezzandogli il cuore! Mite d'animo e gentile, perdendoti, immeritatamente, s'è visto perduto. Viveva in quella speranza; e, svanita quella, tutto gli torna indifferente. Tu gli hai rubato ogni felicità, ogni orgoglio, ogni desiderio di lode».

«Sei demente! Osi rimproverarmi, di avere lasciato la mala via? Ma, o non mi confortasti tu medesima, disinteressata, allora, a far ciò? Vedi, come ti metti in contraddizione con te stessa?»

«Io non ti biasimo. Tu soffrivi della relazione, tu non lo amavi. Bene sta, che volessi sbrigarti, da catene increscevoli. Hai provveduto, a' casi tuoi, al bene tuo. Io conosceva te e non lui. Ignoravo quanto egli ti amasse; e vedevo, che non lo amavi: ché questo è il gran punto! Ho consigliato bene, allora; richiesta di consiglio. Ma tu vieni, qua, non chiamata; vieni, da chi non è in dubbio sul da fare; vieni ad alienare, all'amico, una, che ama. Te gli sei ritolta? padrona! Ma cosa ti ha, mai, fatto quel povero giovane, che tu cerchi, ancora, d'invidiargli l'unica consolazione, l'unico appoggio, che, tuttavia, gli rimanga? Io non ti valgo: lasciagli me! Perché ritorni, a lui? Perché strappargli, dal fianco, tale, di cui è sicuro? Ma tu parli, al muro. Io non cambio. Io sono, immutabilmente, sua, in vita ed in morte. S'egli non mi discaccia, io non lo lascio, no, io; e non mi discaccerà. E, poi, non ch'io voglia rimproverarti; ma come paragonare la mia condotta alla tua?»

«Tu aggravi il male, con lo scandolo; tu ridicoleggi tuo marito; tu nuoci alla figliuola!» sclamò, affastellatamente, l'Almerinda, tutta sbigottita di trovarsi, quasi, costretta a scolparsi.

«Questo, appunto, è la mia scusa! Io nulla fingo; io nulla dissimulo; io non mi do per altra di quello, che sono. Non inganno né Gabrio ned il mondo. Nessuna ipocrisia! Di quel, che fo, non mi vergogno».

«Cinismo!»

«È sincerità. Io non verrò, mai, meno, agli obblighi assunti, al dovere!»

«Avevi obblighi anteriori, maggiori. Non profanare il nome di dovere; non appiccarlo all'ostinazione del vizio».

«Nessuno, nessun altr'obbligo, io non ne aveva nessuno. Tolsi marito, perché mel diedero, perché lui volle, senza saper quel, ch'io mi facessi; in età, quando non si ha carattere. Ma lui, Maurizio, no: l'ho scelto, consciamente, liberamente; l'ho voluto io. Ed ho ben fatto; e ratifico la mia scelta. Son paga in lui e l'amo, intendi, l'amo! Perché turbarmi nella mia fede? Perché insinuarmi dubbi? Chi ti dèputa a scuotere la mia fermezza? Mi hai chiamata demente? Non sai, ch'è pericoloso di far rinsavire alcuni dementi? Non comprendi, che io sarei miserrima, se mai, comechessia, cessassi dall'amare e dallo stimare questo idolo mio? Lasciami, lasciami stare!»

«No, Radegonda mia, non ti lascio! Guai, all'ammalato, che rifiuta d'ascoltare il medico. Io t'ho ascoltata, altre volte; e con mio bene. Io non ti parlo io, da me: ti ripeto ciò, che, tre anni fa, diceva la Radegonda stessa. La Radegonda del sessantacinque, mi deputa alla Radegonda del sessantotto! Ascoltami; ascoltati, via. Io ti parlo, in nome, anche, dell'uomo, di cui porti il nome».

«Io? non voglio esser chiamata se non Orsenigo: sulle mie carte, non c'è altro nome».

«Ma non puoi far sì, che non te ne spetti, tuttavia, un altro. Io ti parlo, in nome della figliuola tua; ti dico ciò, che essa è troppo giovane, ancora, per dirti, essa. Credimi; ne ho fatta la dura esperienza: non vi è felicità di sorta, fuori del dovere. Tutto il resto incresce, a breve andare; ed, anche, il piacere, se iniquo, lascia l'amaro in bocca. Tuo marito ti ama, sernpre; e generosamente. Egli perdona tutto, alla madre della sua Clotilde. Non mette condizioni. Vuoi di piú? Le permette di metterne, quante e quali le piacciono. Ti prega, ti supplica, di tornare, in casa vostra, non per infastidirti con dimostrazioni di un affetto, che tu dispregi, ma per la figliuola comune, acciò tu possa gustar le gioje della maternità, acciò nessuno e nessuna s'arbitri, ad un atto, ad una parola irreverente e fastidiosa verso di te. Per sé, lui, nulla chiede; ti chiede, soltanto, di voler essere felice. Fa di consentire. Oh non iscroIlare il capo, così. Rifletti, bene! Pensa, su quale strada ti se' messa. Io voglio assentirti, che questo tuo Della-Morte non sia cattivo; e ch'egli ti abbia cara; e che false voci il diffamino. Ma quest'affetto durerà eterno, poi? ma non temi, ch'egli muti? ma quale sicurezza, quali guarentige t'offre? Credi tu, ch'egli possa stimarti? ch'egli possa stimare, chi abbandona marito e figliuola, in questa maniera? Non dovrà temere, a torto, sì, ma, pur, temere il medesimo, per sé? Non sospetti tu, ch'egli pensi, così? Qual vita, Radegonda! Ed hai lasciata la città nativa, e vivi segregata dal mondo, al quale lui, però, non rinunzia. I sacrifizî li fai tu, sola. E s'invecchia, sai? Qual vecchiaja ti prepari, sconsolata, squallida! qual letto di morte solitario, senza una faccia amica! E se Maurizio t'abbandonasse? E vuoi condannare, anche, lui, a vivere senza una famiglia? Vivrete, come due mutui carcerieri, come due compagni di catena! Invece, vedi, consentendo a riconciliarti col Salmojraghi, tutto cambia d'aspetto. Rientri, nella vita normale: rispettata, onorata, vivrai felice. Lasciati persuadere, Radegonda!»

«Ma... chi t'ha fatto credere, ch'io viva infelice? o che sai tu, che, in altre condizioni, m'abbia a toccare maggior felicità? Il fatto è fatto, cara Almerinda: è lì, immutabile; nulla può, mai, fare, che non sia stato. Una donna, come me, non torna indietro, rischiato un passo, mai. Mai! Dico: Mai! Certo, la figliuola mia... il pensiero mi strazia; per vederla...»

«Vuoi vederla?»

«Per vederla, andrei, a piedi, scalza, da qui a Milano».

«Vuoi vederla? È, qui, con me, col padre. Vieni! T'ispirerai, abbracciandola. Andiamo...»

«La Clotilduccia è qua?»

«Te l'abbiamo condotta. Vieni, a ritrovarla, per non lasciarla, mai, piú».

«Dio mio, Dio mio! E se l'avessi incontrata! E se mi avesse riconosciuta!»

«Negavi di essere infelice, Radegonda. Or, vedi: a che, sei ridotta! a temer l'incontro della figliuola!»

«Io non ho piú figliuola; mia figlia non ha, piú, madre. Io sapevo, a che rinunziavo, nel lasciar la casa del Salmojraghi. Credi, che nulla mi costasse? credi, che non abbia pianto? credi, che non pianga, mai, sola? Il valore della cosa perduta, so. Ma c'è un uomo, che amo. Che amo, intendi? che mi ama, sai? E, per quanto io soffra, un sorriso di lui m'imparadisa. È il mio prescelto; e basta. Ho fissa, in lui, la mente: e nulla potrebbe compensarmelo. Egli mi riama; egli è, fin troppo, buono meco... Ma, se, anche, mi trattasse, duramente: prima di tutto, vorrebbe dire, che io meriterei quel trattamento; e, poi... preferirei una percossa della mano sua, finanche, sì, finanche a' baci della figliuola mia».

«Non dir, così, Radegonda. Tu bestemmi».

«Ti dico, che l'amo, io. Mi offri l'oblio! mi offri il perdono di mio marito! La Radegonda Orsenigo non mendica e non accetta perdono, da chicchessia. E v'ha cose indimenticabili..»

«Tutti ti amano e dimenticherebbero...»

«E, se gli altri dimenticassero il mio passato, questi mesi vissuti qua, io, io li disprezzerei, per l'obbliviosità loro! E, poi, io non potrei, mai, dimenticarlo, io...»

«Col tempo, con l'espiazione, i rimorsi illanguidiscono...»

«Chi ti parla di rimorsi? Io rammenterei il passato, rimpiangendolo. Questa ebbrezza sarebbe l'eterno mio desiderio Non avrei, piú, testa, per la famiglia, per l'educazione della bimba: sono distratta, in eterno, da quanto non è l'amore di Maurizio. Il corpo sarebbe lì, ma il pensiero, ma il cuore, altrove. Sarei cattiva madre. Non sono, piú, buona, a far la madre. Non valgo, ormai, se non ad amar Maurizio; non ad altro. Io non mi scosto, io non mi scrasto, dal costui fianco, quando, anche, dovessero verificarsj gli augurî peggiori, che un nemico púò fare contro noi, quando, anche, dovessimo scendere, a gradino a gradino, la scala dell'obbrobrio, giú, fino all'abjezione. Tutto potranno dir di me, ma non, già, rimproverarmi, d'essergli venuta meno. Tutto gli potrà venir meno, tranne la Radegonda sua. La felicità, io la ripongo, nell'esser sua, sua, ad ogni costo, a qualsivoglia titolo, comechessia...»

«Ma, e s'egli ti piantasse?»

«Non sarà, mai».

«Ma, pure..., se?...»

«Allora, io, la felicità, la riporrei, nel morire. E ten riprego, Almerinda, non parlarmi altro, su questo tema. Se non mi degni, piú, ora, che sai quanto io son ferma e salda, in ciò, che tu biasimi; addio, dammi un abbraccio (o negamelo) e va, pure. Io non l'avrò per male. Io so stare, al mio posto. So quel, che la mia posizione mi obbliga a sopportare».

«Radegonda mia, tu sei, sempre, la benefattrice e la salvatrice mia. Io t'amo, sempre, ad un modo; e, se mi sono spinta, nel parlare, è appunto...»

«Bene, allora, chiacchieriamo d'altro. Porti, ancora, il crinolino? a Napoli, s'usa, ancora? Qua, smesso, fuorché nelle *soirées*; altrimenti, abiti corti. Quanto hai pagato, al metro, questa seta? è francese, neh? Ma, ora, a Como, fanno, anche, di meglio. Bel punto di nero! Hai, sempre, la stessa sarta, di quando io era, a Napoli, teco?»

E, come se davvero queste inezie le stesser, molto, a cuore, s'infervorò, nel discorrere; né permise, che l'Almerinda tornasse, piú, sull'argomento precedente. Nel separarsi, si abbracciarono, lungamente, ripetutamente, caldamente, come avviene negli addii, che si prevengono eterni. Né la Napoletana profferse di tornare; né la Lombarda l'invitò, a rivisitarla, od accennò ad intenzione di restituir la visita. Quando la Radegonda si ritrovò sola, pianse, a lungo, disperatamente.

XXI

Maurizio, frattanto, ito al circolo, al *clubbe*, trovò, che alquanti scapestrati, pari suoi, giocavano al *lanzichenecco*, ch'è, press'a poco, il nostro zecchinetto; e le poste eran grosse. Si fermò, a guardare. Lo invitarono, a sedere al tavolino, ma se ne scusò. Il marchese Barberinucci, (cui, se vi ricorda, egli doveva diecimila lire, per le quali aveva firmata una cambiale,) il contino Capecchiacci, il cavalier Bacherini, il maggior De Cristoforis, il tenente Vermaleone ed alcuni altri astanti, a motteggiarlo, sulla sua prudenza, sul suo rinsavimento: e che brutto vizio era il giuoco! e' farebbe, pur, bene, a guarirsene! Maurizio s'arrovellava, internamente; ma, pure, si schermiva, barzellettando, spiritoseggiando, con disinvoltura, deplorando la soppressione de' conventi, che non gli permetteva di ritirarsi, in uno asilo romito, dal tumulto del mondo. «In un convento?» disse il Bacherini. «In un convento un mi ci ritirerei: piuttosto, in un monistero, sì,» Esaurito l'incidente, quando l'attenzione di tutti era, ben, rivolta, al giuoco, Maurizio, che vi assisteva, con gli occhi intenti e sbarrati, sentì mettere un braccio, sotto al suo. Si voltò. Gli era il marchese Barberinucci, che il trasse, nel vano d'una finestra.

Questo marchese, bisogna figurarselo un uomo sulla cinquantina; tutto ritinto e ripicchiato; col naso e le gote, corrosi dal salso; un po' guercio; frequentatore della piú alta società; ghiottone matricolato; fortunatissimo giocatore; donnajuolo esimio. Non isbarcava, in Firenze, ondechessia, una nuova... ehm ehm! c'intendiamo! ch'ei non fosse de' primi, a spingere una ricognizione su quel terreno! Veramente, lo spendere, che faceva, era sproporzionato, a' mezzi suoi confessabili; veramente, nessuno avrebbe saputo indicare, in quale angolo di Toscana, d'Italia o del mondo, fossero i feudi antichi suoi, le proprietà sue presenti; nondimeno, tutti il qualificavano di pefetto *gentiluomo*. Così, neppure gli ammiratori piú sfegatati (ne avea. Chi non ne ha? *Un sot trouve, toujours, un plus sot, qui 'l admire!*) avrebber potuto specificare, quali meriti intrinseci, quali servigi, resi alla patria, gli avessero fruttata la nomina, a grand'uffiziale di non so quale ordine. Mah! nell'Italia nostra, i meriti ed i servigi vengono, così, stranamente, valutati! si ha un'idea, così, incomprensibile della parola *gentiluomo*! Gentiluomo non è l'uomo di prosapia illustre; non è l'uomo di nobili costumi e gentili; non è il *gentleman* inglese. E... guardatevi intorno; e vedrete, quante villane carogne pretendono e ricevono del gentiluomo, a tutto pasto.

Il Barberinucci prese, come dicevamo, il Della-Morte, per sotto al braccio; ed il trasse, nel vano di una finestra: «Fai bene, a 'un giocare; ecco! Chi ha fortuna in amore 'un giôchi a carte». *'Un giochi*, goffaggine fiorentina delle piú sconce, per *non giuochi*.

Fortunato in amore, Maurizio! lui, che aveva perduta quell'Almerinda, tanto cara! lui, oppresso, infeliciato, da quest'esosa Radegonda! Agli orecchi suoi, le parole del Barberinucci, di Bista Barberinucci, sonavano, con un senso ironico, che non era, nell'intenzione di chi le pronunziava. Balbettò qualche parola di diniego.

«Non istare a sciorinarmi frottole, ecco!» replicò il marchese. «Ma sai, che, te, sei un gran porco, di horrer drietro, a tante femminacce, aendo in casa quer pezzo di donna, che nascondi, agli amici?»

«Aaahn! capisco, adesso, cosa vuoi dire. Ma t'assicuro, che è una fortuna d'amore, onde io mi sbrigherei, piú che volentieri».

Il Barberinucci sorrise, come chi trova, alla bella prima, quella carta, che s'era accinto a cercare, fra un mucchio enorme di scritture, senza alcuna lusinga di rinvenirla od, almeno, di potervi metter su la mano, presto. «Intendo! *Toujours perdrix!*» E proseguì «O chi è? O come si chiama? O da quando hai preso, a mantenerla, te? O con chi la staa, prima? Ti hosta molto, eh? O perché la un si ede, mai, alle Hascine? Ecco, una bella donna è!»

Dapprima, il Della-Morte tacque, imbarazzato. Gli si affollarono, innanzi alla mente, i sacrificî, fatti, per lui, dalla Radegonda; qual donna la si fosse: e fin le diecimila lire, offertegli, la mattina: e, da lui, condizionatamente, accettate; e sulle quali contava, per pagare, appunto, l'interlocutore. Stette, quindi, per contraddirgli, per disingannarlo, dal supporre, nella signora Salmojraghi-Orsenigo, una femmina da conio. Ma perché prendersi tanto incomodo? ma che gliene importava? Sorrise, adunque, di quel fatuo riso, che può valer, per un'affermazione, e che suol farsi, trattandosi di femmine, quando vogliamo far credere ciò, che si reputa malfatto il divulgare, e che, spesso, non è vero. Non s'è spifferato un esplicito *sì*, quindi, niuno ha il dritto di chiamarci ned indiscreti né menzogneri. Con quel sorriso, Maurizio si scostò, dal Barberinucci, sclamando:

«Ah! se sapessi! Non tutto quel, che luce, è oro. Darei qualunque cosa, per esser liberato, da quella pittima! Maledetto il momento, in cui la presi! La trovi bella tanto? A me, piace, neppure». E prese a camminar, su e giú, per salotto, soffermandosi, però, in ogni giravolta, presso il tavolino da giuoco.

Il marchese stette, qualche tempo, a guardarlo, con la coda dell'occhio, dal vano della finestra. Poi, si avvicinò al tavolino: e cominciò, a scommettere. Giocò, giocò, giocò, circa mezz'ora, con sorte propizia, tanto, che, alzandosi, aveva la mano piena di biglietti. Con essi, in pugno, si ravvicinò al Della-Morte; e, (mentre si cavava il portafogli di bulgaro, dalla ladra, per riporveli,) a bassa voce, con gli occhi bassi, come quando si ha da proporre una turpitudine, gli disse:

«O perché 'un giochi? Se t'abbisogna danari, o prendine qua, ecco! Fra noaltri! Ti pare! Oggi, tu; domani, io! Se quer maledetto pagherò ti turba, ecco, io potrei chiederti un favore, per che, mi parrebbe poho il lacerarlo o restituirtelo».

E gli diede un'occhiatina, così, di sbieco, avvicinandosi, ad una consolida, sulla quale depose biglietti e portabiglietti. Ed attese, a classificare le bancali vinte, in tanti mazzi, quante n'erano le specie: di dieci lire, di venti, di cinquanta, di cento; per, poi, riporle, nelle tasche del portabiglietti, sulle quali il legatore avea impresse, in oro, le indicazioni di que' dati valori.

Maurizio, che non aveva capito, punto, gli si avvicinò: «Veramente, io non capisco, bene».

«Te, se' omo di spirito...»

«Secondo. Ma cosa desideri?»

«Insomma, insomma, sarò franco: ambasciador 'un porta pena...»

«Ah, l'è un'imbasciata? E di chi?»

«Fa conto, che sia un'iniziativa mia. Te, hai una bella *maîtresse*, e ne se' stufo. La ti hosta un occhio d'iccapo, e, p'immomento... 'un vogghi' offenderti... ma sembra, che ti troi, un po', imbarazzaco. Ora, ecco, c'è cui piace, ed ha quattrini dimolti, dimolti, dimolti; e, piú ne spende e piú n'ha. Se hôi cederla?...»

«Bista !»

«Se hôi cederla, io ti rihonsegno ippagherò. C'è un altro, che mi dovrà la somma, ecco. Innegozio rimane, fraddinoi; nessuna harta, nessuna traccia, nulla, che possa hompromettere. Impegno la mia parola d'onore da *gentilomo*, che nessuno saprà nulla. Ecco».

«Chi è costui? Forse...»

«Nomi, 'un ne fo! Indovina, se poi; e tientela, per te, la notizia. Rispondimi, hon comodo. Pensaci, ti diho. Stasera, mi dirai, hos'hai risoluco. 'Ieni aippoliteama?» E, finita la cerna e classificazion de' biglietti, rimesso il portafogli, nella ladra, s'avviava, come per andarsene. «Prendi un vermutte?»

Maurizio il trattenne. «Tu l'hai accettata, questa missione?»

«Che hôi, Maurizio haro! Confesserò di aer bisogno, urgente bisogno, di quelle diecimila lire lì; ecco! E, non te l'aer per male, forse, a te, sarebbe d'incomodo ippagalle; io sarei, piú sicuro...»

«La cambiale non è scaduta».

«È, già, troppo, che l'abbia douco firmarsi».

«Avrai voluto scherzare, spero, m'immagino?»

«Pigghiala home 'oi! Ma, se accetti, arò parlaco su isserio. Ecco!»

«Proprio, sul serio? Se accetto...»

«Affare honcruso. Risorviti e, poi, rispondimi. Lo prendiamo, sì o no, questo hermutte?»

«Un galantuomo non può avere, se non una risposta, per quest'ambasciata».

«Sarebbe?» chiese il Marchese.

«Eccola!» rispose il capitano, imitando, stavolta, l'accento e l'intercalare dello interlocutore.

Ed alzò la destra; e, poi, abbassandola, consegnò, sulla gota sinistra del marchese Giambattista Barberinucci, il piú fragoroso e solenne schiaffo, che, mai, s'appoggiasse, sulla guancia di un lenone o d'altro ribaldo: io ne disgrado il ceffone, che il general Damiano Assanti inflisse al volto del sedicente barone Giovanni Nicotera. Quella palma dell'ufficiale lasciò, sulla faccia del messere, l'impronta sua, che giustifica il nome di *cinque-fronne*, dato, alla guanciata, da' concittadini di Maurizio. Poi, tornando indietro, il dorso della costui mano percosse la guancia destra del Barberinucci, con minor forza, sì, ma, pur, con tanta, da fargli vedere il cielo stellato, sebbene fossero, a mala pensa, le due pomeridiane. Il marchese, dapprima, sbalordito, voleva reagire, poi; ma i giocatori accorsero, si frapposero, separarono, i contendenti. Bista e Maurizio furono presi, per sotto al braccio, e tenuti lontani, dagli amici, che non sapevano rendersi ragione dell'atto brutale di questo modo energico di terminare una conversazione confidenziale, a bassa voce. Cosa poteva aver detto il Barberinucci, per provocare od, almanco, motivare tanta irruenza, nel capitano, che, in fin de' conti, era una bonissima pasta d'uomo, un caro figliuolo, e ben veduto come suole accadere de' giocatori infelici? Nondimeno, i primi giudizî erano contrari a Maurizio. Non era, mai, accaduto uno scandalo simile, nel circolo: e come finirebbe la storia?

Il marchese, livido, come riebbe il fiato, brontolò, con ghigno crudele e co' denti stretti: «Questo, gli è un modo hurioso di sardare i debiti. Gli è chiaro, che, di noaltri due, uno, armeno, domattina, 'un pò vihere. Se mojo io, 'un mi pagache la hambiale; se crepate 'oi, le dieci mila lire, le sfumano. Ah! che 'un c'è peggio dell'aver da fare hon disperachi. Ma, da un napoletano, e' bisogna aspettarsi tutto: e tutto è poho».

Maurizio rispose: «Io vado a casa, difilato: aspetterò, lì, due suoi amici...»

«'Un li aspetterà, lunga pezza...»

«Spero! E La pregherei di affidar loro il pagherò mio, perché, prima d'ogni altra trattativa, io lo soddisfi. Né tratterò d'alcun altro affare comune, se, prima, questo non è esaurito. A rivederla». E, così, dicendo, Maurizio prese, seco, due conoscenti, due ufficiali, ch'eran, lì; Cristoforo De Cristoforis, lombardo, e Ferdinando Vernalone, pugliese. Camminando verso casa, espose loro i motivi dello schiaffo e li pregò di rappresentarlo. Negarsi, non potevano. Maurizio era ridivenuto il piú amabile uomo del mondo; la prospettiva del duello, l'aveva tutto rinfrancato. Aveva, ormai qualcosa da fare, un pericolo da incontrare: e si sentiva uomo, rigenerato. L'ozio, la noja, il pervertivano.

XXII

Giungono, a casa. Introduce gli amici, in salotto; e va dentro, in cerca della Radegonda. Quali erano i sentimenti suoi, nell'istante, ch'e' s'accingeva, ad arrischiar la vita, per colei? Una impazienza grande di vederla, ma per farsene consegnare le diecimila lire. Quindi una propensione grande, ad esserle liberale di qualche moina, di qualche carezza; perché, già, ne aveva bisogno; e quand'uno ne ha bisogno, carezzerebbe il boja, bacerebbe, compunto, la mano d'una tenentepostribolo. Ma, in fondo al cuore, un dispetto, un astio, un fastidio, da non credersi, per quella donna. Era lieto di battersi; e furibondo di doversi battere per lei. Non gli dispiaceva di por la vita a repentaglio; ma gli sapeva duro, assai, di pericolare per tale, di cui gl'importava... quanto a me, ripeto, della mogliera dell'Imperiere di tutte le Russie.

«Han proprio ragione i Comaschi: *Che Dio te scampi e liberi, de pures, de tavan e de formigh; e de la razza di Orsenigh!* Ho dovuto incapparci, giusto, io, con questa mala razza! Cosa non mi fa patire, quanto non mi ha fatto scomparire questa brutta jettatrice.». Oh il dispetto! Passi, anche, la *jettatrice*: ma chiamar *brutta* la Radegonda! E quando? quando, appunto, gli si offriva una inezia di dieci da mille, supponendola mantenuta, unicamente, perché cedesse i suoi diritti su di lei! «Per questa stregaccia, da un anno in qua, che non soffro! Ed, ora, per lei, o ammazzare un perfetto gentiluomo; o quel, ch'è piú probabile, farmene ammazzare io! E qua, in Toscana, non è come a Napoli; qua, le leggi si rispettano, si eseguono. Dopo, avremo un processo, pubblicità, condanna; e, poi, consigli di disciplina! uff! Ah, che perdizione, le femmine! E, per giunta, bisogna nasconderle ogni cosa: sennò, che scene, che pianti, che commedie! Un duello! Per me, (figuriamoci!) non vuol dir nulla; ma non le vorrei dare questo gusto, d'immaginarsi, che il faccia, per amor di lei. Il fo... per convenienza, perché, così, mi pare e piace; ma non perché m'importi di madama Salmojraghi o che abbia la menoma intenzione di disputarla, a chi ne avesse appetito. Per me, se la prenda, pure, chiunque vuole: il ringrazierò, dopo. Ah Dio...» Ed, al nome santo di Dio, appiccò di quegli epiteti profani, che, nella gentil Toscana, plebe e signori sono in uso di a'ggiungervi, ma ch'io non ardisco trascrivere, per quanto sia mio studio l'esser vero! «Se m'ammazzano, almeno, sarò libero di questo vescicante. E, se ammazzo, sotto pretesto di sicurezza personale, me ne scappo, sino in capo al mondo, in Finisterra, guà! E chiamatemi minchione, se mi fo, mai, piú, raggiungere, da questa tribolatrice mia: *c'est Vènus toute entière à se proie attachée.* No; Venere, no! qualche erinni, qualche furia d'inferno, qualche Tesifone od Aletto o Megera!»

La Radegonda stavasene ricamando, con un volume squadernato, sott'occhi: una occhiata, al lavoro, quattro, alla stampa; un punto, due pagine. Ed il pensiero suo non attendeva ned al ricamo, ned allo scritto: seguiva il suo Maurizio; riandava il colloquio avuto, pur dianzi, con l'Almerinda; aliava intorno alla sua povera Clotilde. Alzò gli occhi rossi, in volto, all'amico, abbozzando un sorriso schietto: «Sei, già, qui, di ritorno? Pranzi in casa, oggi?»

«Dimmi, Radegonda, ti ricordi cosa m'hai detto, stamane?»

«Che cosa?»

«Mi hai fátto una profferta».

«E mi hai dato il cruccio, di non accettarla».

«Cosa diresti, se, adesso, ti pregassi di prestarmi quel denaro?»

«Direi, che... Ma tu burli?»

«Che! non l'avresti piú? Diamine!»

«Io no! Tieni, l'ho, ancora, in tasca, nella busta e col bigliettino del Mondolfo. Se li vuoi, davvero, que' quattrini...»

«Me n'è sopravvenuto un bisogno urgente, che ti dirò, poi».

«Davvero, li vuoi? o scherzi?»

«T'assicuro, che ho tutt'altro che baje, per capo».

«Eccoli».

«Grazie».

«Bugiardo! Tu non n'hai bisogno; so! so! Non riesci a burlarmi! sono avvezza a leggerti i pensieri in fronte. Quanto sei buono! Stamane, m'hai vista tutta rammaricata del tuo rifiuto d'accettare questo danaro; ed, ora, se' venuto, a chiedermelo. Grazie, caro Maurizio mio».

«T'assicuro...»

«Sì, sì, mel giureresti, anche! Una bugia bianca, come dicono gl'inglesi, una magnanima menzogna, tanto bella, che non è da preferirle il vero».

Perché insistere? Maurizio sorrise; e la lasciò nella sua idea, giacché le faceva piacere. Ella aveva ricominciato, a far punti; ma, in vece di svagarsi, col libro, alzava gli occhi, amorosamente, in volto, a lui: «Senti, Radegonda. Ho due amici, in salotto; e ne aspetto due altri, co' quali ho da parlare di faccende importanti: fa, che non si sia disturbati».

«Dirò, alla Clorinda, che non venga, nel salotto buono, se non chiamata. Pranzi, in casa?»

«Crederei di no».

Una scampanellata: erano i rappresentanti del marchese Barberinucci. Per non chiamare altre persone, a parte dell'avvenuto, questi si era affidato, al contino Capecchiacci ed al cavalier Bacherini. Il Della-Morte li raggiunse, in salotto; e cominciarono, dal permutare il pagherò, co' biglietti della Salmojraghi. Poi, non ci vollero molte chiacchiere, per cader d'accordo; si convenne di non tener conto, nel verbale, delle parole del marchese. I suoi padrini affermavano dette, solo, per ischerzo, e frantese come serie, dal Della-Morte: ad ogni modo, non era ned interesse dello schiaffeggiatore (come amante putativo della Salmojraghi) ned interesse di quel perfetto gentiluomo dello schiaffeggiato il consacrarle e verbalizzarle. Sulle condizioni dello scontro, si convenne, in un attimo. Armi: pistole rigate, d'arcione. Patti: quindici passi, con facoltà d'avanzare tre, mirando e sparando, a comando. Luogo: in fondo alle Cascine. Ora: lì, subito, immediatamente, senza perder tempo, prima che i questurini sapesser dell'affare. Il Barberinucci aspettava, già, nel caffè di Parigi, con un pajo di pistole. Maurizio entrò, nella camera contigua, da letto, per prendere il paio suo, dovendosi, poi, sul terreno, sorteggiare il pajo pe' duellanti e quello pe' padrini; ed, entrando, gli parve di udire un fruscìo d'abito, quasi, come se una donna si trafugasse, in fretta, per l'altra porta. Ma non vi badò, piú che tanto. Era la Salmojraghi, pertinace nelle abitudini indiscrete, che le avevan fatto leggere, altra volta, il carteggio dell'Almerinda con Maurizio e, non piú tardi del giorno prima, rimuginare sullo e nello scrittojo di costui.

XXIII

I quattro padrini partirono, dopo aver fermato, che tutti si troverebbero, fra mezz'ora, al caffè di Parigi, in via Cerretani, rimpetto allo sbocco di via Rondinelli: essi andavano, parte, dall'armajuolo e, parte, in cerca d'un chirurgo. Maurizio, dopo averli accompagnati, fin sul pianerottolo, tornò in camera sua, mutò di biancheria e d'abito; si ravviò i capelli, col pettine e la spazzola; si nettò le unghie, con quelli spazzolini curvi, che indispettirono, tanto, Giangiacomo Rousseau, da Ginevra, contro Melchiorre Grimm, da Ratisbona; prese il cappello; accese un *trabucos*; aprì l'uscio della stanza, in cui era la donna; e le disse: «Addio, Radegonda. Non pranzo a casa, sai».

La Radegonda s'alzò da sedere. Venne, a lui, lentamente; e gli porse la fronte. Lui, si curvò, di mala voglia, per imprimervi un mezzo bacio. Ma essa gli buttò le braccia, al collo; gli si strinse, disperatamente, al petto; e proruppe, in un pianto dirotto, assinghiozzato. «Radegonda!» esclamò il giovane, con voce di rimprovero «Radegonda! Cosa c'è?» E pensava, stizzosamente: «C'è, che ci siamo! Questa jettatrice m'è stata a sentire! M'è stata a sentire, la jettatrice! Son fritto, che la farà i piú sinceri augurî per la mia vittoria! Frattanto, sottostiamo alla commedia d'obbligo, in siffatti casi. Uff! ne ho piene le tasche, ne ho piene! Uff, se le ho piene!» E foderava le parole, in pensiero, com'e' si, suol fare, quando s'è in collera!

Ed essa, Radegonda, come riebbe la parola: «Nulla. Nulla, sai! Un momento di fiacchezza! Credi, forse, che tutti siano eroi, come te? Grazie, Maurizio mio. Grazie, che ti risenta, in questo modo, di un'offesa, fatta alla tua Radegonda. Scusami, (sai?) se sono stata, un poco, fastidiosa; se ti sono incresciuta, in questi ultimi tempi. Ci ho i difetti, i sospetti di una donna, che ama, gelosa; fantasticava di esser disamata, disistimata da te. Ora ti chieggo scusa, d'averti fatto torto. Buon Maurizio mio, grazie».

Ed il buon Maurizio si mordeva le labbra; e pensava, fra sé: «Se l'ho detto io, che questo duellaccio le parrà prova d'amore? e che non farà, se non ribadirmi la catena! Pover' a me, pover' a me! E non poterle dire: *Carina, la sbagli! Non mi batto, mica, per amore tuo; anzi, perché sono stato insultato, direttamente, da chi mi supponeva capace di fare il mestiere di ruffiano. Ma ti darei gratis, a chiunque fosse tanto inconsulto da volerti!»* Non potendole dir questo, le disse, con un'inflession di voce, che tentò di far dolce: «Radegonda, il tempo passa. Debbo andare».

Ed ella: «Va! Non ti trattengo. Hai ragione: non devi farti aspettare; devi giungere il primo, tu. Aspetta: lasciami racconciare, qua, il nodo della cravatta; e spazzolar via questi peluzzi, dall'abito. Dov'è la spazzola? Ed ora, va. Ricordati di me, che aspetto, in ansia; e torna, subito. E lasciami baciare questa cara mano, che ha percosso chi voleva comperarmi, come se un' Orsenigo fosse carne da mercato! Maurizio mio, mio!»

Il giovane scendeva le scale, bestemmiando: «Dio birbone! m'ha fatto spengere il sigaro. E non mi trovo fiammiferi in tasca; li ho lasciati, nel soprabito! Sangue della madonna! come fa la spartana, come si gonfia, quando dice: *una Orsenigo!* Che due galantuomini s'abbiano da sbudellare, le pare la piú semplice cosa ed ammessibil del mondo! *Per una Orsenigo!* Orsenigo de' miei stivali! E, se non le busco, quest'altra *corvée*; invece di pranzare alle Cascine o dovechessia, allegramente, bisogna correre a casa, per calmar le ansie di una Orsenigo. *Che Dio ne scampi e liberi, dei*

Scimes, pures, bordocch, centpee, tavan,

Camol, mosch, pappatas, vesp, calavron,

Formigh, zanzar, scigad, vermen, scorpion;

ma, soprattutto, scampaci e liberaci, o sommo Iddio, se tant'è, che tu ci sia, *de la razza de i Orsenigh!*»

Era un bel pomeriggio estivo. Due carrozze, venute, l'una, pel viale, lungo l'Arno, l'altra, pel gran viale, s'incontrarono, in fondo alle Cascine, dove il Mugnone sbocca nell'Arno, o meglio, fa le viste di sboccare, che, per lo piú, è piú asciutto del deserto di Libia. V'erano il marchese Giambattista Barberinucci, il capitano Maurizio Della-Morte, i due padrini (Capecchiacci e De Cristoforis) i due testimonî, (Bacherini e Vernaleone) ed un chirurgo (il dottor Egisto Acquarone, sanese). S'inoltrarono, nella boscaglia. Fu scelto un luogo opportuno. La sorte destinò, a' combattenti, le armi del marchese; a' padrini, quelle del capitano. Tutto andò, nelle regole. E Maurizio ci ebbe rotto il pugno sinistro, da una palla, che gli entrò in petto, che fu giudicata pericolosa ferita, dall'Acquarone. Questi, Cristoforo De Cristoforis e Ferdinando Vernaleone il ricondussero a casa, dalla Radegonda.

XXIV

Di salvar Maurizio, il dottore aveva poca o nessuna speranza; volle, quindi, un consulto, per suo discarico.

Si radunarono quattro celebrità, quattro professoroni, quattro commendatori, quattro Senatori del Regno, che lucravano dalle trentamila lire annue, per uno, ma che, per gli effetti della legge sulla ricchezza mobile, avevan dichiarato ciascuno meno di duemila lire d'introito professionale. Rappresentavano un totale di, almeno, trecent'anni; ed una collezione, presso a poco compiuta, delle umane infermità. L'uno era presbite; l'altro, miope; il terzo, guercio; ed il quarto, monocolo. L'uno balbettava; l'altro era sordo; il terzo snasato; il quarto, senza un dente. Insomma, ciascheduno ci aveva i suoi acciacchi. Esaminarono, interrogarono, discussero; e conchiusero, prognosticando quasi impossibile la guarigione della ferita al petto, necessaria l'immediata ablazione della sinistra. Ma ci voller due ore, poi, per decidere, se s'avesse ad amputare l'anti-braccio o disarticolare la mano. La Salmojraghi-Orsenigo assisteva, al consulto, pallida e immota, come le statue di marmo, che, dalle loro nicchie, assistono a supreme deliberazioni. Gl'indugi potendo riuscir fatali, si volle operar, subito. Gli orribili preparativi si fecero, in poca d'ora; e la misera donna, procacciò, somministrò, quanto le veniva richiesto. Pregarono, pretesero, che uscisse dalla camera, durante l'operazione; ma questo, poi, non volle, no! Volle star, sempre, accanto al letto. Volle veder tutto. E non isvenne. Ma quel, che soffriva, io non sarei valente ad esprimerlo.

La mano di Maurizio, tra supina e prona, fu fermata, da un assistente, Oreste Prezzemolini, che tirò, in alto, la cute. Un altro, Demofoonte Delli-Fanti, comprimeva l'arteria brachiale. L'Acquarone, sostenendo, con la sinistra, la mano ferita, con un amputante a lama stretta, incise, circolarmente, la cute, poco meno di due dita trasverse, innanzi alla linea articolare. Ed il Prezzemolini la stirò, in alto. Poi, il cerusico ne favorì la retrazione, incidendo i filamenti cellulosi, che la tenevan congiunta, a' tessuti sottoposti. Appresso, troncò i tendini flessori ed estensori e gli altri tessuti molli, a livello della cute retratta, ossia dell'articolazione. Quindi, penetrò, in questa, per uno de' lati, prendendo, per guida, l'apofisi stiloidea corrispondente; e diresse il gammautte, nel senso della linea articolare, descrivendo una curva a convessità posteriore; trascorse l'intera superficie articolare ed asportò la mano. Da ultimo, legò le arterie ed unì la ferita, nella direzione delle ossa.

Maurizio non diè un urlo, un lamento: solo, un pajo di volte, arrotò i denti. La Radegonda, bianca come un cencio lavato, ma, sempre, padrona di sé, gli accostò, allora, al naso, una boccettina. Quando l'operazione fu terminata, avvicinandosi all'Acquarone, che si sciacquava le mani, la poveretta lo interessò di preparare la mano recisa, sicché potesse venir conservata. Per un momento, disparve; e cercandola, per non so piú cosa, la trovarono, che, dirottamente, piangeva, nella stanza contigua, soffocando i singhiozzi, accanto al bacile, nel quale stava il membro amputato. Alla chiamata, si riscosse, in un attimo; ed accorse; e dispose, perché si facesse quantunque si prescriveva da' medici, come se, punto, la serenità dell'animo non fosse turbata.

I giorni seguenti furono di strazio. Si sviluppò il delirio; e sembra, che i medici stimino la febbre comatosa bruttissimo sintomo, ne' feriti. E quel malato, lì, non era facile a governarsi. C'era una guardamalati, ma non serviva a nulla, perché la Radegonda mal soffriva, che altri le usurpasse l'ufficio di accudire il suo diletto. Del resto, ciò, che piú le tornò grave, fu il dovere informare la signora Chiarastella Della-Morte-Parascandolo della sventura sopraggiunta, del pericolo imminente di vita, in cui versava il figliuolo. Stracciò la minuta del telegramma d'urgenza e la ricominciò, da capo, ben dieci volte; ma era un debito e volle compierlo. Esitava, solo, per tema, che la Della-Morte, accorrendo da Napoli, non le togliesse il privilegio di assistere Maurizio suo. Quella madre infelice rispose, con un altro telegramma; e la replica telegrafica della Salmojraghi-Orsenigo la determinò, in fatti, a muover tosto, alla volta di Firenze, dove giunse il dopo-dimani della disarticolazione.

Ma Donna Chiarastella, la conosciamo. Non era una femminuccia pregiudicata, pettegola, spigolistra, una di quelle, che pretendono riformare il mondo e farlo camminare, a modo loro. Abbracciò la Radegonda; e le disse: «Saremo in due, a vegliarlo. Così, non rimarrà, mai, affidato a cure mercenarie; e non ci sarà pericolo, che le forze ci manchino, come accadrebbe, per fermo, ad una sola di noi». S'informò della causa del duello. La Salmojraghi l'espose, francamente, ma non senza secreta paura, che la Della-Morte-Parascandolo, vedendo, in essa e nella sua relazione col figliuolo, la cagione di tanto danno di lui, le diventasse contraria. Se non che la paura fu vana: «Non poteva fare, altrimenti: ha ben fatto. Cara Signora, non vi affliggete. Dovreste affliggervi, s'egli fosse stato tale, da sopportare, tranquillamente, un'ingiuria, fatta, in fondo, piú a lui, che a voi. Quel toscano, non sapendo chi voi foste, ingannato da falsi nformi, non intendeva, propriamente, offender voi. Ed, avendo tanta poca stima del figliuolo mio, da crederlo capace di una turpitudine, o prima, o poi, l'avrebbe manifestata; e sarebbe avvenuto il medesimo, per diversa occasione. Peggio, poi, se la disistima, non manifestandosi, mai, non avesse, neppure, mai, potuto rintuzzarsi».

La Della-Morte-Parascandolo gradì l'ospitalità della Salmojraghi-Orsenigo; e ne fu biasimata, da molti. «Donna senza morale! coabitare, con la druda del figliuolo!» Lascio pensare, come sbuffasse e blaterasse il sor Gabrio, al risaperlo! come se la prendesse contro il cinismo e la depravazione meridionale, dalla quale, secondo lui, era esente ed immune, solo, la sola signora Ruglia-Scielzo. «Eh, già! La madre è degna del figliuolo. Così si spiega!... Chi di gallina nasce convien, che ràzzoli».

«Veramente» lo interrompea l'Almerinda «veramente, la signora Della-Morte non ha, mai, fatto parlar di sé».

«Avrà fatto sparlare!»

«Né parlare, né sparlare».

«Chêh! voi siete troppo buona e (perdonate che vel dica) troppo ingenua» replicava l'ingenuo Salmojraghi. «Non è tutt'oro quel, che luce; alla prova, si riconosce la stoffa. Forse, anche, laggiú, non si bada, punto, a tante e tante cose, che scandalizzerebbero nojaltri settentrionali. È quistion di clima!»

Ma cos'avrebbe dovuto fare Donna Chiarastella? Sotto pretesto di rigorismo, rinunziare a vedere, ad accudire il figliuolo? O vederlo di rado e facendo sgarbi, a chi, con tanto zelo, lo assisteva? Pretendere, che venisse trasportato, altrove? e mandare a chiamare la Misericordia, all'uopo? Ma qual medico avrebbe consentito, al trasporto? Non sarebbe stato un porre, a repentaglio, quella vita, a lei, cara? E qual dritto aveva, essa, madre, di abusare della malattia di lui, per toglierlo, alla compagna, ch'e' sembrava essersi scelta? E la Salmojraghi-Orsenigo le avrebbe, poi, lasciato, liberamente, esercitare questo dritto contestabilissimo? E perché avrebbe dovuto voler male, ad una donna, che, in fin dei conti, si era sacrificata, pel figliuol suo, abbandonando parenti, patria, casa, marito, figliuola? Sia pure che il mondo, sempre, pio, sempre, mondo, scomunicasse od insultasse, per questo, la Radegonda! Ma la madre di quegli, per cui amor ella affrontava scomunica ed insulti, far causa comune, col mondo? Ohibò! Sarebbe stato delitto, codardia, ipocrisia. E, poi, come odiare o voler male, a quella donnina lì, a meno di una ragion personale d'invidia? O che non le si leggeva, in fronte, come languisse piú, lei, del ferito?

Languiva. E si macerava. E morrebbe. E che altro poteva fare, in caso di perdita di quell'unico amor suo, fuorché morire? Non era di quelle, che sopravvivono. Il dolore l'avrebbe uccisa. O sennò, era tale, da meditare il suicidio ed eseguirlo. Le milanesi sanno amare; e vel dimostra la fredda statistica, che enumera quante, per amorosa disperazione, o si annegano nel Naviglio o si precipitano dal Duomo. Ma supponendo, pure, ch'egli fosse, per salvarsi, qual tristo avvenire le si apriva dinanzi! Potrebbe rimanergli compagna? Ma lasciarlo equivaleva a morire. Qual vita, però, in compagnia d'uno infermiccio, mutilato, col quale, neppure, in florida salute, era facile il vivere! e che diverrebbe stizzito ed esacerbato, per la coscienza della misera sua condizione! e che le rimprovererebbe, mille volte, al giorno, d'esser la causa prima ed unica della sua sciagura! Ebbene, accettava, rassegnatamente, (che dico?) giojosamente, questo mestissimo avvenire. E sentite, poi, asserire, che chi s'abbandona, al cosiddetto vizio, non cerca, se non il piacere! Ah se sapessero quanta e qual forza di animo ci voglia, spesso, per perseverare sulla via dell'inferno! se sapessero quanto è aspra, quanti doveri e pesantissimi impone! quanto piú agevole sarebbe il batter la strada della virtú convenzionale! Eh no! si preferisce soffrire, combattere, esser condannato, da' buoni e dagl'ipocriti, esser vilipeso e scorbacchiato e sputacchiato, pur di conformarsi a ciò, che la passione ci addita. È da uomini il far così.

XXV

Per non so quanti giorni, il giovane stette sospeso, tra vita e morte. I consulti si rinnovarono, piú e piú volte: ma non osavan dare la guarigione se non come una lontana possibilità, nemmanco per una probabilità. Le due donne, la madre e l'adultera, sempre, accanto a quel letto, notte e giorno, giorno e notte, senza prendere piú ristoro che un po' di brodo; senza allontanarsi, piú che il tempo necessario, per rinfrescarsi la faccia, lavarsi le mani, passare un pettine ne' capelli; senza spogliarsi, per cercare un istante di riposo.

E, se una delle due si lasciò cadere, talvolta, assopita, nelle braccia della poltrona, fu la madre e non l'adultera.

Una volta, svegliandosi, in sussulto, da un breve sopore ed angoscioso, la signora Della-Morte-Parascandolo vide la Salmojraghi-Orsenigo, che pregava, genuflessa, ferventemente, innanzi ad una seggiola. Le si andò a buttar ginocchioni, daccanto. La giovane riscossa, fece, quasi, per iscostarsi; ma la povera vecchia le disse, sottovoce: «Preghiamo, insieme, figliuola mia». Quel *figliuola* fece tremar, dal vertice alle piante, dalla punta de' capelli alle unghie de' piedi, colei, cui s'indirizzava.

Pregarono. Dopo un poco, la madre circondò le spalle dell'adultera, col suo braccio destro; e le mormorò, nell'orecchio: «Dio ci esaudirà!»

«Dio esaudirà voi, che siete madre, che siete una santa. Ma le mie preghiere non trovano ascolto, in cielo. Io lo sento. Me lo dice, al cuore, una voce, che non mente». Così rispose, tremando, la meschina, con quella voce, con cui si confidano, all'orecchio del confessore, le proprie sfiducie, i rimorsi, che ci travagliano.

Dopo un poco, la Chiarastella abbandonò il capo, sull'omero della compagna; e si sfogò, in lagrime, lunghe, calde, strazianti, frammiste di singulti compressi. La Radegonda la sostenne, senza muoversi: gli occhi di lei erano impietriti. Si adattò, meglio, per sorreggere quel peso carissimo; ed, in quegli spasimi convulsi del pianto, rasciugò le lacrime, terse la schiuma, che s'affacciava sulle labbra. Quando la crisi fu superata e la povera vecchia si alzò, la infelice Salmojraghi-Orsenigo appoggiò le labbra, alla mano di lei, ma lievemente, timidamente, come chi si stima indegna. La Della-Morte-Parascandolo si curvò, sulla fronte della giovane; e, scartandone i capelli arruffati, v'impresse un lungo bacio materno. Trasalì, tutta, la Radegonda; e rimase prostrata. Minuti poi, la madre del suo Maurizio tornò, a lei, come se, solo in quell'istante, avesse percepite le parole, pronunziate un quarto d'ora prima; e, ricurvandosi verso la giacente, le prese le mani e la trasse su e le disse: «Credi tu, che vi sia qualcuno incolpabile, al mondo?» L'affettuoso *tu* scese blando, mite, carezzevole, al cuore della sventurata. «Credi tu, che vi sia chi possa credersi buono, al cospetto di Dio? e giudicar gli altri? e non temere d'esser giudicato? Siamo tutti peccatori, tutti indegni della divina misericordia, tranne in quanto Lui ce ne degna. Credimi, figliuola mia, la tua preghiera non trova un orecchio sordo; tu non sei men cara, al Signore, d'ogni altra sua creatura. Guardati, dal disperare della sua bontà! Povera figliuola, ricordati: che *chi piange sarà consolato*. Ricordati; che *molto si perdona a chi molto ama*. E queste tue veglie e queste tue lagrime, queste son carità ed amore!»

Al decimo giorno, fu tenuto un (non so se nono o decimo) consulto. Ed i chirurghi, cessato il delirio, ben riuscita la disarticolazione, bene avviata la ferita al petto, pronosticarono meglio; e dichiararono non improbabile, che il paziente si riavesse. La madre di Maurizio venne a gittarsi, ebbra di gioja, al collo della partecipe d'ogni cura, d'ogni patema. Solo, allora, le donne cominciarono, ad aver occhio e pensiero, per altro che il loro diletto; ed avvertirono la stanchezza accumulata. La Della-Morte-Parascandolo tanto disse e tanto accarezzò la Salmojraghi-Orsenigo, che, finalmente, l'indusse ad andarsi a buttare sul letto, dove, pure, la penò, molto, a chiuder gli occhi, per poco, tanto l'aveva sovreccitata quella veglia prolungata, eccessiva.

Quando si alzò dal sonno, rinfrancata; e si fu finalmente, cambiata e pettinata, in fretta, e lavata, dopo tanti giorni, che aveva negletta ogni cura di decenza e, quasi di pulizia; entrò nella stanza di Maurizio. L'infermiera le fece cenno, ch'egli dormicchiava. Ed essa, dopo averlo, amorosamente, contemplato, alquanto, si accostò alla vetrata; e guardò in istrada. Era l'ora, in cui la gente si avviava al passeggio. Rimpetto alla finestra, pompeggiava una gran fiera di giocattoli, a guardar le cui vetrine si soffermavano bimbi e bimbe, accompagnati da mamme e da bàlie e da bambinaje. Ed ecco, in quella folla, mettersi una donna, che la Salmojraghi-Orsenigo ravvisò, immediatamente, per la Ruglia-Scielzo; e dava la mano, ad una fanciulletta graziosa. La Radegonda si sentì fremer le viscere. Guardava, intenta: ma non poteva veder bene, giacché la bimba le volgeva le spalle, adocchiando, nella bacheca, ed accennando alcuni balocchi. L'Almerinda si chinò, piú volte, per parlare alla ragazzetta; e, finalmente, entrarono, insieme, nella fiera. La Radegonda non si muoveva. Era sospesa, in dubbio: le pareva e non le pareva. Dopo un poco, la Ruglia-Scielzo riuscì dal negozio con la tosa, che aveva sotto-braccio una grossa bambola, e che la Salmojraghi-Orsenigo vide, stavolta di faccia e riconobbe. Era la figiuola sua, la Clotilduccia sua, quella cara creatura, che aveva rifiutato di mai piú vedere, verso la quale si sottraeva, agli obblighi materni. Che non avrebbe dato, in quel punto, per essere, con lei, in istrada! per udirne la voce! per godere della sua letizia del balocco comperato! Quanto invidiava l'Almerinda, che poteva saziarsi di baciarla! A lei, madre, questo era tolto ed in eterno! E diede in pianto; e seguì, a lungo, con l'occhio bramoso, quella visione adorata. Ma piangeva, sommessamente.

Maurizio, che s'era ridesto, la chiamò. Ed essa, (riscuotendosi da' pensieri dolorosi, che le facevano assalto, rimproverandosi la momentanea distrazione,) corse ad accudirlo.

«Perché piangi?» le chiese il giovane.

«Nulla. Ho il paradiso in cuore: ora, sei fuori pericolo».

«Povera Radegonda! con quanto amore, mi assiste! E sì, che, ormai, sono un misero infermo, buono a nulla. Un moncherino! Addio carriera! E me ne andrò in tisico, con questo petto sfracassato! L'accudirmi, t'infelicita; vivi miserrima, per me. Hai rinunziato, a tutto, per una compagnia, che non può contribuire, alla tua felicità».

Ed ella, chinandosi, verso di lui, con gli occhi sfavillanti, sebbene, ancor, lagrimosi: «Oh Maurizio» rispose «cosa dici? cosa dici, mai? La felicità mia è, nello starti accanto; è, nell'esser tollerata, da te. Io sono la piú lieta donna del mondo, se tu m'ami; e non cambierei... con la piú ossequiata madre. Infelice, io? quando so, che non debbo, piú, temere per la tua vita? quando tu hai arrischiata questa vita, per un insulto, a me fatto? Infelice, io? Non potrei dirmi tale, se non il giorno, in cui mi scacciassi».

Ed il giovane, che aveva mentito benevolenza, per non sembrare ingrato, pensava: «Ma se lo dicevo io, che non c'è verso, di liberarsi da una donna, che si sacrifica, per noi? Chi m'insegna il modo di disgustarla di me? Chi m'insegna, come far cedobonis di tanta felicità?»

Della sorella dell'Almerinda, Berenice, e di quel, che le avvenne, osservandissimi lettori e lettrici, narrerò un'altra volta, con comodo, quandochessia.